만남의 흔적들

막다른 날 만나 닮은 눈을 보며
그동안 방치해둔 자신을 쏟아낼 때마다
우리는 이상하게도 살고 싶어진다

신대훈 에세이

작가의 말

나는 모든 인간의 내면을 들여다보고 싶었다. 인간의 안쪽을 보아야 인간과 부대껴 살 듯싶었다. 내면은 쉽게 보이지 않았다. 인간의 내면은 전체를 보려 할수록 거대해서 보이지 않았다. 그 어떤 내면도 함부로 들여다볼 수는 없었다. 그랬다. 나는 인간의 극히 사소한 부분만을 겨우 느낄 수 있었다. 한동안 나는 그 작은 부분들을 오래 품고 다녔다. 그러자 그 부분들은 이따금 가까이 다가왔다. 그것은 가볍게 떨리듯 다가와 무어라 말하지 않았고, 다만 나지막하게 우물거렸다. 알아들을 수 없었지만 소리 내고 있었고, 소리 내고 있었지만 아직 숨이 되어지지 않은 채로, 다시 희미하게 멀어졌다. 그것은 도대체 무엇이었을까. 내 마음에 서성이던 어떤 존재의 어수룩한 인기척. 기어코 살고 싶다던 어떤 절박한 외침. 소통되지 않았던 미묘한 낯빛. 홀로 중얼거렸을 울분과 소망들이 나는 종종 나 자신보다 더 나처럼 느껴졌다. 살아가는 모든 존재는 다들 조금 아프고 많이 아름답고 싶다고 말하는 듯했다. 그리고 그것은, 결국 나도 마찬가지였다.

목차

작가의 말 4

첫 글 10

사실 사람이 좋다

섬 14 형벌 16 안부 18 희생 20

어떤 젊음 22 겨울나기 25

부디 존재하기를 28 연대 34

거울 37 거울2 40 거울3 43 물음과 만남 45

양가감정 48 양가감정2 55

체념하거나 인내하거나 61

체념하거나 인내하거나2 66

더러운 나에게 70 경솔한 판단 74 말 77

사람 구경 82 사람 구경2 85 감당과 증오 87

사랑받고 싶다는 오만 92 순간 97

어느 가을날 100

넘어진 진심들

미련 110   주인 113

반항 115   다만 인연을 따를 것 120

이내 126   짝사랑 129

다음 주에 비가 온다 했다 132

소주잔 소리 137   우는 사람을 보며 143

밝은 슬픔 149   등 152

어딘가에서 무사하기를 156

버릇 160   함께 버틴다는 것 164

유연한 굳은살 170   마음의 주인 179

우아한 혼자 184   필름 사진 190   꿈 192

누군가에게 무엇이 되어

존재 200   명멸하는 별들 201

보이지 않는 너를 보고 싶다 203   아름다운 가벼움 206

광안리에서 211   덤덤한 미소 217   악과 아름다움 221

작별 인사 227   오류 233   피곤하다는 권위 238

공감이라는 환상 242   빈 그릇 247

은혜받은 가해자 252   갈등 257

우리는 이토록 서로를 모르고 264   소망들 271

회상 274   우연한 전율 278   썩 괜찮은 태도 286

연초에 294   쓰는 마음 300

마치는 글 302

첫 글

지금까지 나를 거쳐 간 사람들은 모두가 흔적이었다. 나는 그 흔적들의 집합이다. 어떤 흔적은 그저 오염이었고, 어떤 흔적은 지나온 생을 비추었고, 이띤 흔적은 나를 아름답게 하였다. 그 모든 편린은 나의 것이다. 그러므로 지난밤, 껴안지 못한 물음과 잃어버린 표정들을 이제는 부정하지 않겠다.

나는 타인을 이해하고 싶었고 인간을 이해하고 싶었다. 그리고 무엇보다 간절히 나를 이해하고 싶었다. 자주 실패했지만 어쩌다 은밀한 여운이 남기도 했다. 나는 그 여운을 가져다 내 음울한 여백을 채색하곤 했다. 성심을 간직하고 건네는 일이 나에게는 인간의 자격 중 하나였다. 그러기 위해 우선 나를 회복시킬 필요가 있었다. 들숨과 날숨 사이에서 나는 자라고 있었다. 우울에서 조금씩 자유로워진다면 너와 나 사이, 빈 곳을 보고 싶다.

나는 여유가 무엇인지 모른다. 사랑하는 것도 찰나다.

그러나 나는 더는 나 자신에게만 갇혀 있지 못하겠다. 지금까지 그래왔고, 이제 더는 숨이 막힌다. 그리하여 나는 이제 겨우 '너'를 들여다보려 한다. 나와 맺어져 있는 모든 너를. 나의 모든 '너'는 무수히 흔들리며 반짝이는 존재와 존재 사이의 연연한 떨림. 희로애락의 감정이 욱신거리며 다가오는 무엇. 그래 그것은 삶이라고, 나는 말할 것이다.

이 책의 글들은 나의 고백이자 용기, 오류와 회한의 기록이다. 조용히 문을 닫는 고백이자, 일그러진 얼굴로 웃음 짓는 용기. 부끄러운 오류의 자각과 때늦게 사랑하려 했었던 내 모든 잔상이다.

나는 믿는다. 언젠가 어수룩하게 태어나는 심연의 언어가 서로를 살릴 거다. 나는 바란다. 긴 고독의 끝에 나 아닌 남의 바닥을 짚고 있는 이상한 생물은 오직 인간일 거다. 나는 들여다본다. 먼저 다가가는 게 두려워 홀로 외로운 게 편한 사람들의 양면을. 나는 사랑한다. 내 모든 만남의 흔적들을.

사실 사람이 좋다

#섬

끝끝내 홀로인 우리가, 이리 새파랗게 살아있다고.

서로의 안쪽에, 텅 빈 섬 하나씩 있다. 바닥과 어둠으로, 잡념과 소망으로 빚어진 청보랏빛 섬. 나는 그 섬을 들여다본다. 그냥 멍하고 무력하게. 그러나 끝까지, 들여다본다. 절대 함부로 가지 않는다. 아니 못한다. 그 섬에는 본래 가닿을 수 없다. 폭풍이 들이닥치고 자갈들이 굴러다녀도 나는 그 섬에 가지 못한다. 집채만 한 파도가 치고 땅 어귀가 깎여나가도 나는 그 섬에 가지 못한다. 그 어떤 재앙이 닥쳐도 나는 그 섬에 가지 못한다. 그저 안쪽에 텅 빈 '너'를, 고작 하염없이 들여다보는 것이다. 내가 구원하지 못할 너. 그러나 본다, 끝까지. 끝이 시작이 될 때까지. 결국, 그게 전부다. 어느 날 서로의 섬이 눈가에 비치는 날이면, 잠깐씩 우리인가 하면서. 끝끝내 홀로인 우리가, 이리 새파랗게 살아 있다고. 그래도 계속 살자고 말하면서.

#형벌

나는 우리가 되기에 너무 미흡했고,
우리는 자신이 되기에 여전히 아팠다.

　나로 인한 우리의 무거움. 그 질기고 둔중한 것을 생각하다 보면 자주 사람들과 멀어졌다. 깨진 돌부리 같은 것이 내면 어귀에 있었다. 언제나 내 삶은 현실의 조건 때문에 위축되어 있었다. 그 조건들을 따라가기 위해 정진하는 동안 나는 더 위태로웠다. 그때마다 나의 내면에서는 새로운 규율들이 생성되기 시작했다. 그것은 곧 새로운 종류의 사슬이 되어 나를 결박해 버렸다. 나와 사람들의 거리에는 자주 어스름이 엄습했다. 나는 우리가 되기에 너무 미흡했고, 우리는 자신이 되기에 여전히 아팠다.

나는 조심스럽게 억척을 부린다. 모두와 멀어져야겠다고 생각했다. 한동안은 좌선하는 심정으로 살자. 아무래도 그게 최선이다. 틈에 끼인 느낌이 든다. 불가해한 공포. 산소 부족. 착란이 고조되면 멀리 분리돼야 한다. 어디든 사람이 없는 곳으로. 멀리, 더 멀리. 먼 사람이 된다. 그곳에서, 참으로 보잘것없는 불완전 속에서. 나는 기를 쓰고 다짐한다. 서로에게 흠을 내지 않겠다고. 그렇게 그냥 조용히 숨어 살기로 했다. 어째선지, 너희들은 마냥 다 서운했고 나는 그 발원을 알지 못했다. 남은 것은 자기혐오와 아둔한 모순의 나날. 나는 내 손으로 내 목을 단단히 움켜쥔다. 그런 형벌의 시절도 있었다.

#안부

우리는 서로에게 빛이었고, 이따금 빚이었을까 생각한다.

　　잘 지내냐는 안부에, 연락이 없어 서운하다는 답장을 늘어뜨리는 사람에 대해 생각한다. 그 사람은 내가 보고 싶었던 걸까, 나를 기다려 왔던 걸까 생각한다. 그 사람은 내가 자신을 잊었다고 믿었던 걸까, 잊지 않았음에도 잊은 듯 살아왔다고 믿었던 걸까 생각한다. 그래서 미웠던 걸까, 내가 폭발적으로 미워지는 순간이 언제쯤이었을까 생각한다. 그 서운함을 필두로 나와 다시 관계를 이어가고 싶었던 걸까 생각한다. 자신의 응어리를 다만 발설하고 아무렇지 않다는 듯 등을 돌리려 했던 걸까 생각한다. 내 안부가 안부로 들리기는 했을까 생각한다. 안부와 공격은 어쩌면 닮았을까 생각한다. 그 사람과 나 사이의 거리와 공백에 대해 생각한다. 아직 못다 한 말들과 하고 싶은 말들에 대해 생각한다. 끝내 소리 낼 수 없는 말이 있을까 생각한다. 우리가 언제 우리이긴 했을까 생각한다. 우리가 서로의 이름을 부를 수 있을까 생각한다. 그 소리는 얼마나 명랑할까 생각한다. 우리가 혼자여도 괜찮을 날과 찬찬히 외로워지는 날의 경계에 대해 생각한다. 우리가 연락을 해야만 했을 지점이 어디였을까 생각한다. 우리는 늦은 걸까, 아니 늙어버린 걸까 생각한다. 우리가 늙은 것일까, 우리 사이가 낡은 것일까 생각한다. 우리는 서로에게 빛이었고, 이따금 빚이었을까 생각한다.

#희생

홀로 희생하며 자신의 회복을 소홀히 할 때.

　대수롭지 않게 넘겼던 희생의 나날이 고스란히 자신의 몫으로 남게 되었을 때. 사람을 향한 기대감이란 얼마나 쓸쓸하고 가혹한가. 짠 눈물은 얼마나 격정적인가. 눈물이 짠 것은, 보존시키고픈 생이 많았다는 것의 증명이 아닐까. 서로가 한때 공유했던 시간들을 다시 펴보게 되었을 때. 햇살을 받지 못하고 그대로 남아있는 자신을 발견했다는 것은. 어느 밝은 시절을 스스로 등진 자신이 여전히 아직도 존속되어 있음을 아는 질척한 확신이 아닐까. 생선에 소금을 치듯, 죽지 못하고 죽임당하기를 뻐끔뻐끔 기다리는 어느 처연한 생을 나는 본다. 홀로 희생하며 자신의 회복을 소홀히 할 때. 그 이면에서 사랑과 행복을 호기롭게 꿈꾸던 날들은 얼마나 많았던가. 나는 싫다. 희생을 덕목이라고 가르치는 사랑은 증오스럽다.

#어떤 젊음

어떤 젊음은 홀로 유랑하다가 끝이 나기도 한다.

　　성인이 된 후로 나는 줄곧 혼자 지냈다. 사람을 만나야 할 이유가 굳이 없었다. 피곤했다. 나는 다분히 싫증을 냈다. 무의미의 울타리를 치기 시작했다. 언젠가부터 나는 연애의 덧없음을 청춘의 연료로 삼았다. 누구도 극진히 좋아하지 않음으로써 나는 자유롭고 편안한 듯했다. 하지만 지금에 이르러 돌아보건대, 나는 확실히 인간으로서 미성숙하다. 내 손바닥을 들여다본 철학관 아저씨는 내게 이십 대에 여자가 없다고 했다. 손금이나 사주를 맹신하는 것은 아니지만 나는 그 아저씨의 말을 충분히 예상하고 있었다. 나는 일찍이 내 삶

을 눈치챘다. 어떤 젊음은 홀로 유랑하다가 끝이 나기
도 한다.

　사랑에 대한 고질적 허무와 냉소가 나를 한 세계로부
터 분리시키고 사람을 기피하게 만들었다. 지금 돌아보
면 그것은 불온한 처신이었다. 나는 고작 두려웠던 것
이다. 사랑이라는 돌연한 출발과 이별이라는 끈덕진 권
태가 끔찍했다. 그러므로 나는 아름답지 못했다. 관계
를 맺으며 느끼는 고통은 결국 나를 더 인간답게 만드
는 고통이다. 그 고통은 배움이고 사색이며, 반성이고
아름다움이다. 그렇다. 나는 그걸 거부한 것이다. 나 자
신의 삶, 오직 나에게로 향한 고통은 얼마든지 감당할
자신이 있었지만 다른 사람까지 그 고통에 합세한다는
것은 내키지 않았다. 요컨대 나는 관계로 인해 고통받
기 싫어서 아예 그것을 내 삶에서 제외시켜 버렸다. 나
에게는 연애를 하면 안 되는 이유가 수십 가지 있다. 나
는 심연으로 들어가기 시작했다.

　젊음이 없는 텅 빈 곳. 그곳에서 나는 나와, 기록하
는 일, 세상의 아름다움과 추악함, 도처의 슬픔과 환희,
사물의 모순과 실체, 풍경의 흐름과 정지, 자연의 잔혹

한 순환을 사랑했다. 내가 사랑할 수 있는 사람은 오직 나 자신뿐이었다. 그렇게 사람을 멀리하고 소박한 것, 말 없는 것, 피 없는 것, 움직이지 않는 것들을 바라보면서 나는 이성과 교감하는 마음을 부쩍 상실해 버렸다. 물론 이것은 오만한 속단일 수도 있다. '아직 인연을 만나지 못해서'라는 말로 눙칠 수도 있다. 그러나 나는 향락을 경멸한다(그것은 부질없는 짓이므로). 결핍을 메우기 위해 목말라하지도 않는다(그것은 잔혹한 일이므로). 어머니는 나를 불구로 낳지 않았는데, 다만 그것이 미안했다. 생각한다는 행위는 나를 늪으로 내던졌다. 매일매일 천천히 가라앉는 나를 보았다. 이제 나는 가물거린다. 사람을 순수하게 좋아했던 그가. 서슴없이 연애라는 차원으로 넘어가는 그가. 누군가를 그토록 그리워하는 애끓는 성정이. 부재함으로써 비로소 도래하는 아름다운 박동을 움켜쥐는 사람의 표정이. 그가 기억나지 않는다. 그는 누구였을까.

#겨울나기

부모와 자식은 그렇게 한없는 한과 연민과 사랑이
범벅이 된 채로, 각각 저물어간다.

부모 자식 관계는 여느 일반적인 관계 이론이 전혀
성립하지 않는다. 나는 여러 부모 자식 관계를 보며 한
탄하곤 했다. 인연이라는 줄이 얼마나 질긴지. 인생이
얼마나 엄혹한지. 얼마나 많은 생을 지리멸렬하게 하
고 아프게 하는지.

어떤 부모는 자식을 영락없이 안쓰럽게 여기고, 어
떤 부모는 자식이 한없이 강인하다고 믿는다. 이런 부
류의 부모는 자식을 영원히 독립시키지 못하거나, 한없
이 외롭고 위태롭게 한다. 어떤 부모는 아이를 낳고 아
이를 버리거나 떠난다. 이런 인간은 들짐승보다 그 수
준이 낮다. 어떤 부모는 아이를 낳고 아이를 미워한다.

개인으로서의 존엄을 미처 완성시키지 못하고 성급히 아이를 낳은 탓이다. 어떤 부모는 자식을 키우며 보람을 느끼고, 어떤 부모는 자식을 키우고 보상을 요구한다. 이 둘의 차이는 자본이 아니다. 근본적으로는 자식을 기르는 행위에 과도한 의미를 부여한 것. 생명을 낳고 기르는 일에 자기 삶의 손해를 먼저 생각한다면 아이를 낳으면 안 된다. 아이를 기르는 일, 그 자체에 기쁨을 누릴 수 있는 인간이 부모로서의 자격이 있다. 돈만 벌어다 준다고 되는 게 아니다. 어떤 부모는 자식의 삶에 지나치게 과몰입하고 기대한다. 이 경우 대부분 자식과 부모의 삶 모두를 망친다. 그 부모는 자식이 독립하면 어딘가 고장 난 사람이 될 것이고, 그 자식은 평생을 후회 속에서 산다. 어떤 부모는 욕심이 넘쳐흘러 자식을 착취해 자기 삶을 향유한다. 이런 부모는 자식의 고통에 관해 무지한, 가장 비인간적인 부류이다. 어떤 부모는 커다란 대가 없이 자식을 사랑한다. 그저 고맙다는 한마디만 있으면 족한, 자식이 존재한다는 것 자체로 행복해하는, 그런 부모가 있다.

어떤 자식은 부모를 연민하느라 자기 삶을 포기했다. 미련이라는 줄에 묶인 사람이다. 어떤 자식은 부모를 원망하는 데 자기 삶을 다 쓰고, 또 어떤 자식은 부모를 봉양하는 데 자기 삶을 다 썼다. 개인이라는 모습을 잃어버린 사람이다. 어떤 자식은 부모의 꿈을 대신 이루며 살고, 어떤 자식은 부모의 후회를 대신 갚으며 살았다. 스스로를 매우 하찮게 여기는 사람들이다. 어떤 자식은 부모의 사랑을 부르짖다가 그늘이 졌고, 또 어떤 자식은 부모의 부재를 기다리다가 겨울을 났다. 부모의 부재를 대신할 사람, 부모의 결핍을 충족시킬 무언가는 거의 없다. 이것은 인간이 인간에게 저지를 수 있는 가장 가혹한 부조리다.

부모와 자식은 그렇게 한없는 한과 연민과 사랑이 범벅이 된 채로, 각각 저물어간다. 누구도 관여할 수 없는 곳에서, 웃음 짓는 붉은 두 눈동자. 내일도 태어날 것이다.

#부디 존재하기를

인간이 관계라는 환상에서 벗어나 저마다의 존재로
아름다울 수 있을까.

학창 시절부터 워낙 불우한 가정을 많이 보았다. 이
혼은 흔했다. 밤마다 폭력을 행사하고 식탁을 엎는 아
버지. 다 큰 아들에게 대뜸 찾아와 거액을 요구하는 아
버지. 수도 없이 많은 남자와 교제하는 어머니. 은밀하
게 자식의 카드를 요구하는 어머니. 자식의 성공을 종
용하며 자신의 사욕을 희구하는 참혹한 눈빛들을, 나는
흔치 않게 보았다. 나는 통탄했다. 인간은 자신에게 확
실한 도움이 될 것 같을 때, 혹 이익이 있을 것 같을 때
갑자기 관대해지곤 하는데 그 관대가 한 인간의 본질적
존재에 대한 것인지, 그 인간의 사회적 성과에 국한된

것인지는 구별하기가 어려웠다. 내 냉소적인 시야에는 당연 그 관대가 후자로 점철되기만 했다. 물론 내가 할 수 있는 일은 없었다. 다만 무력하게 바라볼 뿐이었다. 인간은 정말 어디까지 야만적인가. 인간의 위대한 성공이나 혁명을 볼 때 그야말로 경이로운 것처럼, 나는 인간의 악과 야만도 다른 의미에서 경이로울 지경이라고 생각한다. 한 인간을 탄생시키는 행위는 얼마나 아름다우면서도 위험천만한 일인가. 그런 생각이 마치 규율처럼 나를 죄었다.

나는 그렇다. 인간은 본래 이기적이고 악하고 야만적인 존재라고. 그렇다고 모든 선량함이 가식이라거나 변종이라는 것은 아니다. 인간은 선악을 다 가지고 있다. 다만 인간에 대한 나의 인식이 한쪽으로 기울었을 뿐이다. 그래서 나는 웬만한 일에 잘 격분하지 않는다. 뉴스에서 충격적인 기사를 접하며 누군가는 분노하고, 누군가는 입을 다물지 못하고, 또 누군가는 덤덤히 받아들인다면, 나는 늘 받아들이는 쪽이다. 그럼에도 내가 정말 격분하는 대목은 인간의 그 추악한 본성이 자기가 낳은 자식에게로 뻗어가는 기막힌 광경을 볼 때다. 그때면 나는 속이 들끓어서 정말 견딜 수가 없다.

그야말로 부조리한 이 세상에서 한 생명이 생존해야 한다는 가장 끔찍한 형벌을 내린 장본인 같다. 부모라는 이름으로 말이다.

또 그때, 그 부모들의 모습은 세상에서 가장 불쌍해 보이거나 외려 거대해 보인다. 끝없는 동정을 구하고 미화된 추억을 뒤적거리며 다시금 관계를 끈적하게 만든다. 그 섬뜩한 이면을 자식은 알아차리지 못한다. 세월과 정분으로 객관과 현실은 어둠에 잠긴다. 울먹이며 미혹된다. 그래도 아버지며 어머니라고 쉬이 손을 놓지 못하는, 또는 삶과 삶의 구분을 분명히 하지 못하는, 그들의 처연한 태도를 보고 나는 속이 뒤집히곤 했다. 나이에 비해 너무 어른 같거나 너무 어려 보였다. 그들은 부모를 증오하면서도 연민을 느꼈고, 이해하면서도 괴로워했다. 나는 그들의 질긴 애증이 일정 부분 부재의 슬픔과 사랑의 결핍에서 기인한 것임을 알았고, 그래서 결국 하릴없는 일이로구나 생각했다.

부모의 사랑을 받지 못한 아이는 평생 유랑자가 된다. 그들은 궁극적으로 어디에도 속하지 못한다. 미아가 된다. 독립이란 것을 부모와의 연을 끊는 극단적인 행위라고 생각한다. 그들은 또 그 결핍을 메우기 위해 사람이나 물질에 잠식되곤 한다. 매사에 발버둥 치며 살아가지만 어딘가 텅 빈 사람이 된다. 자기 삶을 살기에도 빠듯한 마당에 부모의 삶을 거둔다. 그러면서도 고맙다는 말 한마디 듣지 못한다. 그들은 착취당한다. 그렇게 무너져간다. 그럼에도 나이는 성실하게 먹어가며, 한 인간의 생이 그렇게 사그라든다.

이런 일은 생각보다 흔했다. 나는 부모의 절대적 책임이 있다면 자식을 하나의 인격체로 독립시키는 것이라고 생각한다. 물론 그 일은 지난하다. 어렵게 생존해 온 부모일수록 더욱 지난할 것이다. 그래서 나는 자식이 부모에게 기대거나, 부모가 자식에게 할애하는 일을 마냥 비관적으로 보지는 않는다. 언제는 우리가 금세 당당하게 홀로 섰던가. 그토록 삭막하고 엄혹한 세상에 살고 있는 것에도 이견이 없는 것이다.

그러나 살기 힘든 세상이란 건 다 똑같다. 살기 힘들다는 이유로 누군가의 삶을 좀먹는 행위는 부도덕한 일이다. 만약 오래도록 부모의 부재로 인한 결핍이 있고. 마음으로 소통할 존재 없이 그저 홀로 생존해 왔고. 그런데 그 부모가 자신의 삶을 똑바로 살지 않고. 은밀히 너의 자산을 요구한다면. 혹시나 하는 기대 때문에 그 부모의 요구를 거절하지 못한다면. 나는 그 자식에게 말하고 싶다. 그 부모는 너에게 아무런 사람도, 사랑도 되지 못할 거라고. 그 결핍은 부모로부터 메울 수 없고, 치유받을 수 없다고. 그 결핍이 너를 좀먹게 두지 말고. 너의 양분이 되게 하라고. 그토록 홀로 외롭게 살아온 너의 생존능력을 존중하고. 앞으로도 더 못할 게 없다 고 긍정하라고. 안아주라고. 부모로부터 독립하지 말 고, 해방되라고. 독립은 그저 집에서 나온 것뿐이고. 해 방은 과거의 상처로부터 자유로운 거라고. 부모가 너의 삶을 흔들게 두지 말라고. 주체적으로 살아가라고. 회 피하지 말고. 덮어두지 말고. 끌려다니지 말고. 도망치 지 말고. 실존하라고. 너의 삶에 네가 가장 먼저 있으라 고. 부모라는 상징적 관념에서 속박되어 있지 말고, 다 만 그 사람을 보라고. 네 나이 또래의 한 사람처럼. 한 남자, 한 여자처럼 그렇게 부모를 살펴보고 그다음 일 을 결정하라고. 후회도 변화도 다 너의 몫이고 우리는 정리를 해낼 수 있다고. 나는 말하고 싶다.

행복한 가정은 서로 닮았지만, 불행한 가정은 모두

저마다의 이유로 불행하다는 톨스토이의 문장이 떠오른다. 인간이 함께 사는 것이 이토록 힘든 것이고. 개인이 혼자 있는 것도 그토록 괴로운 것이다. 그래서 나는 보고 읽고 쓴다. 나에게는 도무지 그 방법밖엔 없기 때문이다. 영원히 끝나지 않는 이 전쟁 같고 부조리한 현실에서 증오는 필연적이지만, 인간의 빛나는 지성과 사유는 증오를 창조의 에너지로 변모시키기도 한다는 믿음을 잃지 않으리라. 나는 그러한 과정에 스스로 놓이기를 작정한 인간이 그 무엇보다 아름답다고 믿는다. 아름다운 인간만이 결국 사랑할 수 있으리라.

내가 없는 우리는 없다. 부모를 향한 효는 필연이 아니다. 사랑은 타인에게서 얻을 수 없다. 이 덧없는 삶과 세상에서 오직 자기 이름으로 존재해야 한다. 존재할 수 없다면 도대체 무얼 위해 산다는 말인가. 고유의 자신이 될 수 없다면 도대체 누굴 지킬 수 있단 말인가.

인간이 관계라는 환상에서 벗어나 저마다의 존재로 아름다울 수 있을까. 자신만의 이야기로 존재하고 자생으로 마침내 하나 될 수 있을까. 모르겠다. 나는 그저 쓸 뿐이다. 무엇 하나 미워하지 않을 때까지.

#연대

사람으로부터 자유롭고 싶었다.

평소 '그럴 수 있지'라는 말을 자주 쓴다. 예전에는 '굳이'였는데 변했다. '그럴 수 있지'라는 말에는 염세와 포용이 공존하고 있고, '굳이'라는 말에는 불가해함과 무심한 심중이 있다. '그럴 수 있지'라는 말에는 그래도 다름을 받아들이려는 면목이 있고, '굳이'라는 말에는 그러거나 말거나 선택은 개인의 몫이라는 무의식과 철저히 관객이 되려는 궁극의 개인성이 내포해 있다. 또는 느슨한 허무주의도 함께 있다. '그럴 수 있지'는 온점으로 끝나고. '굳이'는 물음표로 끝난다. 간혹 '그럴 수 있지'라는 말끝의 온점이 길게 늘어지거나, 느낌표로 끝나

곤 하는데 그때는 체념이나 환멸 쪽으로 마음이 기운 상
태다. '굳이'에서 물음표가 늘어나는 상황은 순수한 궁
금증인데, 이때 순수함은 금방 오염되는 모순이 있다.

나는 사람에 대한 기대가 없다. 사람은 타인에게 영
향을 받는 듯하지만, 그것은 철저히 자신의 가치관을
굳건히 하기 위한 수단에 지나지 않는다. 결국 사람은
자기가 하고 싶은 대로 행동하는 본성에서 벗어날 수
없는 것이다. 이토록 사람을 불신하는 나는 언젠가 홀
로 동떨어져 있는 듯한 느낌에 몸서리를 쳤다. 사람이
사람과 동화되지 못한다는 것은 결국 비참하다. 그러나
여전히 사람을 순수하게 믿을 수 없었던 나는 '그럴 수
있지'라는 사고방식을 차용한 것이다. 그 사람과 더 오
래 함께하고 싶다는 어떤 설움, 그 설움의 경계를 넘어
선 단념이자 분리, 더 나아가 이해와 관용까지, 나는 해
내고 싶었다. 사람으로부터 자유롭고 싶었다.

그러나 나는 '그럴 수 있지'라는 말로 얼마나 '다름'
을 포용했던가. 돌아보면 나는 냉소와 회피를 일삼기
에 급급해 있었다. 이것이 나의 부끄러움이다. 다름을
받아들이는 용기 있는 사람들은 '그랬구나'라는 말을 많

이 쓴다. 나는 여전히 그 용기가 부족한 것이다. 내가 겨우 수행한 용기는 '굳이'라는 말보다 '그럴 수 있지'라는 말의 작은 변화였지만, 그것도 아직 미흡하다는 확신이 든다. 물론 이것이 나에게는 조금 더 타인을 향한 이해의 폭을 넓혔지만, 이해를 넘어선 다른 무엇을 나는 또 염원하고 있다. 삶에 어떤 일이든 있을 수 있다고 생각하면서 조금 더 여유를 가질 수 있었지만, 여유에서 포용의 차원으로 넘어가기 위해서는 다른 무언가가 더 필요함을 나는 절감한다. 언젠가 순수하게 사람을 사랑하고 싶다는 내 궁극의 욕망은 끝내 사그라지지 않을 것이다.

아무튼 나는 이제 사람에게 그 말들을 다 그만 쓰고 싶은데 더 좋은 말을 아직 찾지 못해 슬프다. 처박혀서 글만 쓰는 인간이 세상에 대해 뭘 알겠냐마는. 기가 차고 갑자기 가슴이 따가워지는 순간들을 얼마나 경험했겠느냐마는. 이 좁은 시각으로도 이미 세상에, 사람에 대한 기대를 깡그리 없애는 편이 더 낫겠다는 확신을 가졌다는 것이, 변두리에서 종종 비루하게 느껴지곤 한다. 그렇다. 사랑 같은 환상은 집어치우고 나는 연대를 간절히 원하고 있었다. 겨우 책상에 앉아 연대를 갈망하는 내 꼴이 우습다.

#거울

나를 충분히 해방시키는 몇몇의 환한 미소를 떠올릴 때마다
그렇게 허문 자리에 빛과 물이 내려앉았다.

어느 날 거울을 들여다보면서 나는 "내가 지어놓은
나의 이름이 몇 개쯤 되려나" 하며 세어보았다. 이윽고
내가 듣고 싶어 하는 이름과 필요 있는 이름에 대해 생
각했다. 이 둘은 엄연히 다르다. 내 안에 살아 펄떡이는
이름과 이미 죽어야 했을 이름을 되짚었다. 이따금 소
생시켜야 할 이름과 새롭게 죽여야 할 이름에 대해 고
심했다. 이내 나는 거울 앞에서 여러 표정을 지으며 "내
게 이렇게 많은 얼굴이 있었구나" 하며 어색해했다. 절
대 보이지 말아야 할 표정과 자주 지을수록 좋을 표정
에 대해 생각했다. 표정과 얼굴의 거리에 대해 생각했

다. 나는 늘 나로부터 너무 멀거나 지나치게 가깝다.

　내 속에 내가 많다는 느낌을 받아본 적 있는지. 그들은 '그'이기도, '그녀'이기도 하고. '소년'이거나 '소녀'이기도 하다. 하루는 '기계'이거나 '노인'이 되기도, '승려'나 '병자'가 되기도 한다. '철학자' 흉내를 내거나 '시인인 척'하기도 한다. 불안과 공포에 떨고 있는 왕따가 있고, 뒷골목에서 급히 담배를 피우는 비행 청소년이 있고, 건달이 있고, 한량이 있고, 공무원이 있고, 군인이 있다. 그 무엇도 완전하지 않지만 비존재하지도 않는다. 도시 속으로, 군중 사이로 들어설 때 우리는 화합이 잘 되어 있다. 사회화가 된다. 도시 밖으로 나갈 때 '내 속의 우리'는 원래 반쯤 남이었고. 아예 섞일 수도, 포개어질 수도 없었다. 그러나 죽일 수도 없으므로 우리는 우리다. 밖으로 나갈 때 우리는 우리가 되고, 홀로 있을 때 우리는 그들이 된다. 나는 언제나 나 자신으로 꽉 차 있어서 나 외부의 것에는 흥미를 느낄 여유를 상실한 것일지도 모른다. 그러나 다른 방도가 있는가. 이따금 나를 조종하는 그들을 나는 어쩔 수 없다. 그 누구와도 완전히 결별할 수 없다. 그러니까, 죽고 못 살 만큼 가까워질 수도 없다.

이런 나에게 필요했던 것은 쉼터가 필요한 사람을 머물도록 하는 한 평의 방을 장만하는 거였다. 내 마음의 평수는 늘 꽉 차 있었지만, 가끔은 내면의 어수선함을 직면하는 순간마다 비로소 그 끝자락을 조금씩 허물 수 있었다. 나를 충분히 해방시키는 몇몇의 환한 미소를 떠올릴 때마다 그렇게 허문 자리에 빛과 물이 내려앉았다. 무언가 파릇파릇 자라났다. 그것만으로도 나는 지금껏 살아졌다. 이따금 나도 그곳에 들어가 쉬었다.

#거울2

내가 나를 마음에 들어 하는 그 지점은 어디쯤인가.

    거울을 본다는 건 누가 누구를 본다는 걸까. 나는 나를 보는가. 나를 보는 너를 보는가. 나를 보는 타인의 마음속에 있는 나를 보는가. 나는 그렇다. 거울 속에 있는 본연의 나와 그런 나를 보는 타자의 시선을 한꺼번에 점검하듯 본다. 거울은 언제까지나 나에게 그런 존재다. 그런 무의식이 자기 보존의 법칙처럼 되어 있는 한 타인은 영원히 지옥일 수밖에 없을진대, 그럼에도 내 우매한 무의식으로 거푸 달려가는 나는 지옥인 것이다. 나는 내 무의식을 부정할 수 없다. 그리하여 거울은 지옥이다. 거울 속에서 나는 자유로울 수 없다. 하지만 역설적으로 그리하여 거울은 필요하다. 나는 발전해야 한다. 억압과 비교와 치욕과 부족함을 오롯이 직면하면서. 이곳에서, 결국 살아야 한다.

거울을 치우고 나는 생각한다. 내가 나일 확률은 얼마나 되는가. 있는 그대로의 모습. 그 모습은 도대체 무엇인가. 사람에게 환영받고 싶다는 욕망은 도대체 어디서 발원한 것인가. 욕망이 일상화된 시대는 언제 도래했는가. 민낯들은 어디서 사라졌는가. 부모에게 나는 무엇으로 보이는가. 친구에게 나는 무엇으로 보이는가. 내가 나를 마음에 들어 하는 그 지점은 어디쯤인가. 그 지점에 놓인 면목마저 영원하지 못함을 알면서 못내 추구하려 버둥거리는 나는 무슨 마음인가. 나에게 거짓은 되지 말되 어디까지 진실되어야 하는가. 그런 궁리를 하는 나는 그 자체로 거짓인가.

의문을 이어봐도 해답의 윤곽은 요원하다. 답이 없다. 답이 없음을 받아들이지 못해 더 답이 없다. 살아온 날들이 덧없는 장사처럼 느껴진다. 찬물로 머리를 감고 다시 나는 거울 앞에 섰다. 젖은 머리 위로 더 축축한 물음이 맴돈다. 눈밭 위를 가로지르는 하얀 토끼처럼 나의 거울 속에서 자꾸 무언가 기척이 느껴진다. 투명 속에는 늘 알지 못하는 존재가 있다. 나는 머리를 정성스레 말렸다.

　보얀 구름이 주렁주렁 매달려 있는 날이었다. 길가
에서 문득 이름 모를 좋은 노래가 들려왔으면 했다.

#거울3

내가 아는 나의 기특함을 양분으로 삼으며 살 것이다.

나는 다만 그렇게 살고자 한다. 그리 살아가려고 수련한다. 내 편이 많다고 해서 든든함을 느끼지 않고, 홀로 있음으로 극히 외로움을 느끼지 않는다. 누군가 나를 비난한다고 내가 훼손되지 않으며, 누군가 나를 칭찬한다고 내가 고귀해지지도 않는다. 누군가 나를 인정한다고 내가 완성되는 것이 아니며, 누군가 나를 외면한다고 내가 초라해지지도 않는다. 나는 다만 나 고유의 자신으로 존재하려 한다. 내가 아는 나의 기특함을 양분으로 삼으며 살 것이다. 나의 작은 성공을 바라보며 살되 가슴속에는 늘 드높은 목표를 간직하며 살 것이다. 모든 고통은 집착에서 오는 것이므로 나는 나를 위해 아첨하지 않을 것이다. 누군가의 혀로 나의 가치가 좌우될 만큼 나는 하찮지 않다. 평가를 수용하되 휘둘리지 않는다. 이성의 영역은 늘 확충해 두고 감정의 영역은 미세하게 열어둔다. 누구도 나에게 쉽게 침입하지 못하게 한다. 이것이 나의 방식이다. 나는 나의 감독이며 나는 나의 배우다. 한때 타인은 나의 괴물이자 심판관이었다. 그때의 내 삶은 정말 아까웠다. 물론 지금도 나는 타인으로부터 온전히 자유롭지 못하다. 그 일은 불가능하다. 그러나 그것은 내게 이제 더는 중요하지 않다. 중요한 것은 다만 멈추지 않는 것이다. 내가 오직 나일 수 있도록 하는 그 짧고 깊은 순간을 향해.

#물음과 만남

나는 그저 열렬히 나 아닌 사람들과 '모름'과 '무지'를
주고받을 뿐이다.

　부재 앞에서 타오르는 애착. 뒤늦게 떠오르는 따뜻
한 말. 훼손 후에 짚이는 깨달음. 기쁨보다 여운이 긴
슬픔. 서로를 끌어당기는 미움. 감정의 영역에서 무용
지물이 되는 다짐. 서서히 허름해지는 이성적 사고. 발
원 모를 눈물. 우연히 태어나 갑자기 죽는 인간. 고통과
회복을 동시에 갈망하는 모순. 교만으로 귀결되는 가
난. 타락의 성질을 지닌 물성. 망각되는 지혜. 풍족할
수록 외려 강렬해지는 욕망. 욕망하는 인간의 오만. 피
곤과 우울의 밀접함. 반대말이 없는 외로움. 아침에 시
작되는 미망. 치유를 꺼리는 결핍. 하찮게 찾아와 짙게

사라지는 행복. 아득한 용기와 가까운 무지. 끝없는 물음. 때아니게 텅 비어버리는 나. 그리고, 적막. 소란의 틈을 비집고 들어와 실체는 아무것도 아님을 알게 하는 무의미의 향연. 그러나 몇 마디 나눔으로 걷히는 사념의 장막. 찬란한 '무'의 세계로 가는 순례의 길목에는 언제나 나 아닌 사람들의 손짓. 서적도 고뇌도 쓰기도 아닌. 여기는 안티클라이맥스의 현실.

삶에서 내가 아는 것은 오직 '모른다'는 것뿐이다. 내가 삶과 인간을 대할 때 유념하는 유일한 태도는 진실을 알아내려고 하지 않는 것이다. 나는 그저 열렬히 나 아닌 사람들과 '모름'과 '무지'를 주고받을 뿐이다. 그 속에서 다만 우리들의 버팀의 방식을 찾아내는 것뿐이다. 오랫동안 어지러웠던 물음들이 지극히 단순해지는 그 한없는 가벼움을 다만 실감할 뿐이다. 삶은 심혈을 기울인 농담인 것이다. 그러니 모든 만남이 나에겐 흔적이자 교감이 아닐 수 없었다. 흔적과 교감, 그 둘은 다르지 않다. 그것으로 나는 이따금 나에게 들어와 잠식해 있는 물음들의 공허한 울림을 잠시 눌러 둔다. 만남은 언제나 나를 진정시키는 누름돌 역할을 했다.

우리가 늘 마지막으로 나누는 화두는 결국 '평화'라는 것이었다. 긴 대화는 끝내 평화롭고 싶다는 말을 빙빙 돌렸을 뿐이다. 그리고 안타깝지만 평화는 조금도 근사하지 않다. 다시, 다음 삶을 향하여 우리는 가야 한다. 평화는 각고의 투쟁, 엄정한 버팀의 순환으로 만들어질 뿐. 그 외 다른 평화는 없다. 믿고 싶지 않겠지만. 조금도 근사하지 않은 순간들이 모여 마침내 평온과 화목이 된다. 돌고 돌아 단순성의 아름다움으로 살아야만 하는 우리들은, 내일의 희망을 갖고 오늘을 격려하며 사는 우리들은 서로에게 더 행복하거나 덜 불행해야 한다. 부디, 그래야만 한다. 끝까지 살아남기 위해서.

#양가감정

내 일상에 섞여왔던 이들은 한 점 애틋하게 남았다.

　'누구라도 만나면 좋겠다' 싶은 날이었다. 허가 조금 길어져서 말을 하고 싶었다. 계절이 바뀌었고 사라지는 것들도 많았다. 대표적으로 사람이 있었다. 얼굴, 미소, 온기가 있었다.

　나는 사람을 넓고 얕게 사귀지 않는다. 아니 못한다. 지금까지 그러했고 앞으로도 그럴 심산이다. 현재 동네에서 만나는 사람은 한 명이다. 몇몇이 있었는데 각자의 삶을 찾아 나갔다. 언제까지나 어릴 줄 알았던 우리도 나이를 먹어가고 있었다. 내 일상에 섞여왔던 이들은 한 점 애틋하게 남았다. 나는 내 삶을 걸었다. 가끔 넘어졌지만 도움은 청하지 않고 묵묵했다. 입이 근질거렸는데 마음은 자꾸 목청을 눌렀다.

근래는 사뭇 다른 무기력을 겨우 감당하며 지냈다. 나름대로 이겨내 보고자 이것저것을 했다. 가벼운 운동, 산책, 새로운 노래 찾기, 책 읽기와 영화 보기, 반신욕 외 여럿. 하지만 도리어 채워지는 기분은 없었다. 무언가를 극복하려는 마음으로는 무엇도 극복되지 않았다. 무기력을 어떻게 극복한다는 말인가. 오산이었다. 내 마음의 틈은 끝내 메워지지 못했다. 시간이 흐르고 꽃도 움트는데 거스를 수 없는 우울이 너무 짙었다. 버릇 같은 허망함에 신경질이 났다.

삶은 나와 싸우고 달래는 일의 연속이었다. 그 과정은 철저하게 고립되어 있다. 구름은 자주 빛을 가린다. 내 그늘진 눈은 빛에 머쓱하다. 다행스럽게도 나는 고립된 상태에 법석을 떠는 성격은 아니지만, 그 어떤 인간도 인간과 동떨어져서 오래 살 수는 없는 것이다. 나는 나를 너무 과하게 밀어붙였다. 실은 버거웠다. 여전히 술을 마시면 지인들에게 전화를 하고 싶었다. 그러나 소심한 나는 내 취중 진담이 혹여 그들의 일상에 방해가 될까 봐, 그들이 나를 걱정할까 우려되어 전화를 참곤 한다. 취기가 없는 건강한 순간에 통화를 해야 할 텐데, 맨정신으로 돌아오면 그 전날의 차오르던 마음은 이미 온데간데없었다. 의식이 맑아질수록 내 어수룩했던 진심은 다시 깊은 굴속으로 숨어들었다. 치명적 모순의 발버둥. 그 결말은 참으로 하찮기만 하다.

전날 밤, 충동을 억제하기 위해 전원을 끈 휴대폰이 다음 날 아침 나를 아무 표정 없이 기다리고 있었다. 잦은 생각 속으로 깊어지는 나는 하루가 자꾸만 망설여졌다. 어느 정도 홀로 있어도 정말 아무렇지 않은데, 이것에도 엄연한 기한이 있음을 나는 뒤늦게 알았다.

나는 서서히 상했다. 아무리 건강한 생각을 하며 살아간다 하여도 혼자라는 자명한 사실이 변하지는 않는다. 혼자 있는 동안에는 말을 할 기회조차 없다는 사실이 외려 쓸쓸한 것이 되었다. 물론 혼자라는 상태는 자유롭고 편안하다. 그래 안다. 그걸 알아서 자꾸만 사리가 어두웠다. 분명 어느 날의 나는 정처 없음의 부스러기만 남은 공허한 폐허에 불과했다. 내가 본 나날은 텅 비어있었다. 괜찮은 혼자는 결국 허름해진다. 은연중에 자주 휴대폰을 쳐다보게 되었다. 휴대폰에 비친 내 얼굴에는 표정이 없다. 사람들은 이제 없다. 아쉬운 내가 찾아가야 한다. 그렇게 읊조리고 나는 한 발자국도 움직이지 못했다. 나는 일그러진 나를 마주했다.

　나는 내가 진심으로 혐오스러웠다. 사람을 두루 사귀는 건 버거워하고, 그렇다고 혼자임을 온전히 만끽하지도 못하니. 이 모순은 경멸스럽고 추하다. 하지만 나의 어둑한 낯짝을 누군가에게 바르는 것이 여전히 꺼려졌다. 평온한 상태에서 사람을 만나야 한다. 그것이 '나'란 인간이 가진 의무이다. 아무래도 진지하고 재미없는 사람인데 거기다 어둡기까지 한 상태의 나를, 건강하지 못한 나를, 나도 내보이기 싫은 탓이다. 감정은 전의가 빠르고, 나는 나로 인해 누군가 우울해지는 게 싫었다. 나는 자주 주문을 외우듯 중얼거렸다. 나는 고립 속에서 나를 정돈할 수 있는 힘을 가지고 있다고. 아아, 그야말로 극성스럽기 짝이 없었다.

　양가감정을 가진 이들은 안다. 사실 우리는 누구보다 사람을 좋아한다. 우리는 우리만의 방이 있고, 밖으로 나가려면 두툼한 살갗을 둘러야 한다. 우리는 사소한 친절에 크게 감동하고, 그러나 아주 예민한 탓에 남들이 모르는 칼날에 베인다. 우리는 자주 뒷걸음질 친다. 사람을 싫어하고 꺼리다가도 이상스레 사람을 좋아하는 듯하다. 또한 사람을 필요로 하는 듯한, 동시에 그런 자신이 이기적인 듯하다가도, 너무 혼자만 깊게 생각을 하는 건 아닐까 하는 묘한 모순을 도통 설명할 수 없다. 감정의 고리가 깊어지면 역시나 혼자만의 시간이 필요하다. 그래서 우리는 자주 지독하리만큼 초라하다. 사람이 좋아, 사람이 떠나갈까 불안해 자신에게 엄격하다. 실은 오랫동안 간절히 누군가를 기다려왔지만, 자신을 해방시킬 궁리는 하지 못하는 괴상한 처세를 부린다. 사는 게 다 그런 게 아니겠냐며 쓸데없이 배려만 넘치는 우리는 미련한 종자들이다.

우리는 우리 자신에게 눈물 한 방울을 허락하지 않는다. 남의 눈물을 훔쳐 나를 지탱한다. 못내 주저앉을 수가 없기에 우리는 짐짓 괜찮은 척한다. 그악스러운 웃음을 짓는다. 착한 것으로는 무엇도 될 수 없음을 애초에 깨달은 우리는 위악을 모토로 두곤 한다. 어쩌면 우리는 영원히 어른이 아닐지도 모른다. 그러나 삶은 동심을 허락하지 않고, 사람들은 우리를 철부지로 본다. 오기와 허세가 우리의 장르, 보이지 않는 곳에서 만날 수 없는 누군가를 사랑해 버리는 게 우리의 전공이다. 우리가 가장 경계하는 감정은 외로움이다. 단지 외롭다는 이유로 사람을 만나는 것은 죄악이다. 우리는 억척스럽게 살다가 마음에 보온이 식어 얼어버리기 직전에 겨우 사람을 만난다. 혹은 우연에 몸을 맡긴 채 산다. 여전히 우리는 사람의 온기를 필요로 한다. 우리는 분명 춥지 않지만 따뜻하지도 못한 채 산다. 염세와 낙관 사이에서 권태를 느낀다. 그러다 보면 밤은 짧고 새벽은 길다.

우리에게는 우리 스스로 열지 못하는 문이 있다. 그 문은 아주 작고, 굳게 닫혀 있다. 오랜 시간 바람과 빛이 들지 못해 눅눅하다. 환기를 시킬 수 없다. 맑고 건강한 마음이 상실되어 있어 무기력하게 방치한다. 문 밖이 더럽고 어지럽다는 것에 공포를 느껴서. 그러나 역설적으로 우리는 누군가 우리를 끄집어내 주기를 바란다. 그러면서도 그 바람을 들키기 싫어 더 깊이 숨는다. 틈 사이로 들이치는 가느다란 빛에 우리는 녹는다.

그리하여 나는, 이 순간 목놓아 소리친다. 우리는 실로 연약하였음을. 지독하고 악착같았음을. 이제껏 그 말 몇 마디를 속 시원히 하지 못했음을. 그렇게 누군가를 몇 해 떠나보냈음을. 그런 우리는 사람을 비관하고, 그러므로 포용한다. 밀치고, 끌어안는다. 영원히 사라지는 나타남으로 우리는 살아가는 것이다. 우리는 비로소 사람이 없는 듯 살아낼 수는 있지만, 사람이 없는 삶에서는 정녕 길게 숨 쉴 수가 없는 것이다. 그렇다. 나는 사람을 좋아하고 인간을 싫어한다. 사람이 다 좋은 것은 물론 아니다.

#양가감정2

줄곧 사람들을 앞에서 안지 못하고
뒤에서 애틋하게 바라보는 인간으로 살았다.

거리에서 사람들의 뒷모습을 보고 있었다. 뒷모습을
바라보는 일은 익숙하다. 나는 일상적 격리자다. 줄곧
사람들을 앞에서 안지 못하고 뒤에서 애틋하게 바라보
는 인간으로 살았다. 고통을 말하지 못하고, 홀로 고통
을 삼키는 데에는 도사처럼 살아왔다. 어쩌다 마음에
내성이 생겨서 뭐가 찔려와도 대충 아프고 넘겨버리기
일쑤였다. 나는 강직하고 싶었다. 내 주위를 지키고 싶
었다. 그러나 모든 면에서 미숙했다. 어슴푸레한 새벽
이었다. 어디선가 길고양이가 울었다.

주위를 지킨다는 것은 무얼까. 정신의 치유인가. 어
리석음의 발견인가. 자각의 유도인가. 온기의 나눔인

가. 진심의 교감인가. 모르겠다. 나는 누군가의 응어리를 야금야금 뜯어먹고 싶었다. 그리하여 차츰 안정을 만들어주는 사람이고자 했다. 그 황홀한 일이 최소한 내 주변만큼은 가능하리라 믿었다. 나는 한 세월 액받이의 역할을 자처하고 싶었다. 그러므로 생색 없이 행복하고 싶었다. 나 자신보다는 누군가에게 위안을 줄 때 나는 더 배가 불렀다. 하지만 그러한 결심으로 나는 알게 모르게 일그러진 것이다. 나는 괴기스러웠을 것이다.

나는 빈집에 홀로 있으며, 누가 언제든 드나들어도 내색 없이 따뜻한 차를 내어주는 사람처럼 살고 싶었다. 온정으로 사람을 치유하는 인간. 그런 삶이 나에게는 근사한 삶이다. 하지만 나는 도리어 아주 작은 것도 챙겨주고픈 안쓰럽고 겉늙은 청년의 모습이었을 것이다. 내 마음의 보온은 한계가 있었다. 나는 갈 곳 잃은 비감을 누군가에게 바르고 다녔을 것이다. 은연중에 공기를 오염시키는 만남을 만들었을 터이다.

나는 알고 있었던 것이다. 단 한 사람도 어떠한 고통에서 완벽히 분리될 수 없다는 것. 완벽하게 지킬 수 없다는 것. 그것은 애초에 불가능했다는 것. 내 모든 다짐은 한낱 허욕이라는 것을.

　망연한 하루였다. 불현듯 전화기가 울렸다. 유진이
었다. 유진은 부산에 사는 친구다. 유진은 사람을 꿰뚫
어 보는 능력이 있다. 나와 아주 비슷해 독립적이고 고
독하다. 나는 전화를 받았다. 내 목소리를 듣자마자 유
진의 목소리 톤이 가라앉는다. 무슨 일 있느냐는 말에
나는 몇 마디를 뱉었다. 요즘 어떻다는 말들. 유진에게
나는 나를 빠짐없이 다 말한다. 아무 생각 없이, 아무런
거리낌 없이. 우리는 늘 진지하다. 감정을 허투루 넘기
는 법이 없다. 묵혀둔 감정은 언젠가 스멀스멀 기어 나
와 일상을 집어삼킨다는 것을 우리는 알고 있기 때문이
다. 내가 유진에게 무슨 말을 했는지는 기억나지 않는
다. 아마 우울하고 괴롭다는 한탄이었을 게 뻔하다. 유
진이는 위로가 되는 말을 하지 않는다. 유진은 어쭙잖
은 위로로 겉을 매만지는 게 아니라 응어리의 중심으
로 단번에 파고드는 말을 한다. 나는 유진의 그런 면
목을 좋아한다. 내면의 깊은 부분을 들여다보는 사람
은 흔치 않다.

　유진이 비수처럼 말했다.

"나는 네 우울 끌고 와서 같이 괴로워하는 사람 아니 니까, 네가 조금이라도 덜면 행복해."

그날 새벽, 유진의 말은 어스름을 깨는 쪽빛 같았다. 머리를 관통하며 지나가는 친구의 말에 나는 새삼스러운 표정을 지었다. 찰나였다. 전화를 끊자마자 눈시울이 붉어졌다. 신기한 일이었다. 나는 일 년에 한 번 울까 말까 한 사람인데. 눈물의 발원이 궁금할 새도 없이 나는 눈물을 흘리고 있었다. 뜨거운 물이 뺨을 타고 흘러내렸다. 다 울고 나서 나는 웃었다. 서늘한 여름의 새벽. 우리의 거리는 한반도의 끝에서 끝이었지만 거리 감각을 상실할 만큼 가까워서 울리는 소리에 올라간 입꼬리가 그날의 내 전부가 되었다.

그래 이제 알았어. 여태 나는 어리석은 망상꾼이었지. 행복감 같은 건 사실 몰랐어. 내가 아는 것은 절망을 겨우 피한 안위. 여유를 가장한 지탱을 갈망하는 것이었지. 언제든 무심코 나를 건네주겠다고. 내가 아는, 내가 품은 가장 진실되고 뜨거운 것만을 도려내 주겠다고. 그런 생각을 하던 어느 날 나는 이미 죽어있었어. 초점이 없었어. 지겨웠지. 나는

너무 조급했던 거야. 내가 나에게 혹독하지 못하면 누구도 내 곁에 머무르지 않을 거라는 두려움이, 나를 통째로 집어삼켰던 거지. 마치 사업가처럼 관계를 유지했을지 몰라. 끊임없이 나를 상품화하면서. 지독한 모순이었어. 내 고질적인 우울은 어쩌면 아무 이유가 없었을지도 몰라. 끊임없이 불완전한 이 세상에 놓여있는 나를 계속 못살게 굴었던 탓은 어쩌면 고독 속에서 희망을 찾던 여정이었겠지. 그러나 동시에 그 두려움이 나를 아무것도 믿지 못하게 한 거야. 미세하게 꿈틀거리는 신경을 느끼고 소스라치면서. 의심하고 고립되기만 했지. 그런데 그때 있잖아, 나는 비로소 내가 어떤 인간이 되어도 상관없다는 믿음의 소리를 들었던 거야. 아주 오랜만에 투명한 사람이 된 거지. 눈물처럼. 보석처럼. 정말 예뻤어. 그 맑은 것은 심장보다 뜨거웠고 해변의 모래알만큼이나 많았지.

기껏해야 5분의 짧은 통화에도 나는 무럭무럭 살고 싶어졌다. 그리고 행복해야겠다고 생각했다. 이제는 내 행복도 슬쩍 꺼내 보여주고 싶다고. 내 삶에 어우러진 몇몇의 사람들에게. 이제는 나의 사소한 장면들을 모아 건네고 싶다. 꼭 무언가를 이루어 내거나 달성함으로 인한 성과가 아닌 그저 내 소박한 일상의 움직임들, 그사이 한가득 만난 찬란을.

운이 좋게도 내겐 그런 사람들이 있었다. 함께 이 무의미한 삶에 맞서고 싶은 사람, 가치라는 단어를 넘어선 사람들이. 물론 나는 이따금 거부할 수 없이 어둑한 사람이겠지만, 그 암울한 장막을 거역하지 못하겠지만, 구체적으로 조건을 대기 시작하면 차츰 난색을 보이겠지만. 마음이 닿는 데까지 가볍고 명랑하게 살아보겠노라고, 어언간 살굿빛의 사람이 되어보겠다고 다짐한다. 누군가와 행복하고자 한다면 나부터 행복해야 한다는 것을 나는 너무 많은 사람들을 불행하게 한 후에 알았다.

오늘도 우리는 각자의 자리에서 사력을 다한다. 서로의 가장 아름다운 모습을 가꾸어 나가며. 보이지 않는 곳에서 누군가의 분투에 의지의 숨을 불어주면서.

나는 오늘의 공기를 들이켜본다. 바람은 춤을 춘다. 꼭 살아보고 싶은 하루를 배워가며 나는 차츰 가벼워지고 있었다. 나눌 수 있다는 건 행복한 일이었다.

#체념하거나 인내하거나

자신을 사랑한다는 것은 자신이 불완전한 존재임을
받아들이는 것이다.

한바탕 비를 퍼붓던 하늘이 도로 그쳤다. 구름이 걷
히고 해가 본격적으로 일을 시작했다. 낮 기온이 35도
를 뚫었다. 열기는 땅과 사람을 번갈아 가며 녹였다. 그
날의 낮은 그간 땀이라는 것을 잊고 산 지 오래되었던
나에게 새삼스러운 고난을 주었다. 하루 만에 세상은
변한다. 나는 체념을 한 움큼 파먹는다. 나에게 여름의
일상은 '평안'이라는 단어와는 여간 거리가 멀다.

나는 반팔 티보다 긴팔 티를 좋아하기 때문에 계절의
대부분 긴팔 티를 입는다. 집에서도 긴팔 티를 입는다.
살이 드러나고 어딘가에 맞닿는 기분이 싫다. 나는 나
를 가리는 일에 더 익숙하다. 역시 그날 외출에도 긴팔

을 입으려던 참에 잠시 외출했던 엄마가 들어왔다. 엄마의 숨이 헐떡거렸다. 나는 얇은 긴 팔 셔츠의 소매를 두 번 접은 채 "이렇게 입고 나가면 더워 죽어?"라고 말했다. 절반 이상이 젖은 하얀 반팔을 입고 엄마는 "그거나 이거나 똑같아"라고 짧게 말했다.

집을 나선 지 1분 정도 되었을까, 나는 엄마의 말이 무슨 말인지 명확히 알았다. 겉을 감싼 두께와 체질 모두 상관없이 공평하게 고통스러운 날이 있다면 그건 아마 오늘일 것이었다. 지하철역까지 걷는 동안 나는 머리부터 다리까지 흠씬 젖어버렸다. 등과 뱃가죽이 땀에 젖어 축축했다. 나는 뜨거워져 있었고, 해는 지칠 줄을 몰랐다. 뺨이 따가웠고 정수리가 익는 듯했다. 그러나 태양으로부터 벗어날 수는 없는 노릇이다. 빨리 걸어서 어디론가 들어가 버리는 것 말고는 방도가 없다. 물론 빨리 걷는 동안 나는 더 많은 고통의 분비물을 흘려야 할 것이다. 무엇에도 고통은 따른다. 이렇듯 여름은 말하자면 나에게 아주 확실하고 하릴없는 고통의 날들인 셈이다. 고통은 다른 고통에 의해 경감되고 상쇄되는 것이지만, 하루의 시작부터 나는 이미 지친다. 지친 순간 세상의 모든 평지는 오르막처럼 각박해 보인다.

걷다가 보니 지하철역에 당도했다. 올라탄 지하철은 어지러웠다. 어렴풋이 예상은 했지만, 현장의 생동감이란 지금까지의 예상들이 얼마나 부질없는 망상이었는지 처참히 일깨웠다. 망연히 흐린 눈을 뜨고 가는 청년, 자기 몸만 한 캐리어를 안고 가는 여자, 작고 느린 노인들, 가방에도 엉덩이가 있다고 생각하는 잽싸고 밉살스러운 아줌마, 노약자석에 앉은 '진짜 노인'과 '노인과 비슷해 보이는' 아저씨, 지하철 안에 떠도는 뜨겁고 시큼한 공기, 땀을 흘렸다가 땀이 식어가는 과정에 놓인 온갖 사람들의 체취가 한데 엉켜 있었다. 내부는 온통 쿰쿰한 냄새로 가득 찼다. 사람들은 기차의 문이 열릴 때마다 더위에 녹아서 일순 늘어졌고, 다시금 에어컨 바람에 차게 딱딱해지기를 반복했다.

이 사람들은 다들 어디로 가려는 것일까. 이 혼돈의 열차에 꼼짝없이 갇혀서. 시간이 빠르게 사라지라고 기도나 하면서. 오늘 해야 할 노동과 만나야 할 사람을 생각하고, 다시 돌아올 때의 혼란을 수긍하면서 가는 이 사람들의 종착은 과연 얼마만큼의 행복일까. 그런 나는 또 어떤가. 불현듯 더운 생각이 그날의 하중을 더했다.

종종 마스크를 관통해 오는 냄새도 있었다. 하필이면 옆자리에 앉은 아저씨의 겨드랑이는 지독했다. 어쩔 수 없다. 참는 수밖에. 그 아저씨도 냄새를 풍기고 싶어서 풍기는 것은 아니리라. 아저씨는 겨드랑이가 드러나지 않게 팔을 꾹 붙이고 있었지만, 새어 나오는 냄새까지 통제할 수는 없는 모양이었다. 코에 맴돌던 악취는 몇 정거장을 지난 후에야 겨우 참을 만했고, 이내 익숙해졌다. 나는 그 악취가 지극히 하릴없는 '우리의 냄새'로구나 싶었다. 그 악취 앞에서 나는 경건한 인내를 답습했다. 참을 만한 것은 언젠가 익숙해진다. 참을 만하다는 것은 곧 '그것이 나에게도 있음을 아는' 지각의 마음이었다.

모든 존재는 공존함으로써 완전할 수 없다. 그러나 공존에 무관심한 자들 또한 완전할 수 없다. 우리는 참을 수 없는 서로의 허술한 면목을 발견하고, 그것으로 자신의 균열과 불완전을 되짚음으로써 조금씩 완전해질 것이다. 자신의 균열과 가벼움을 알지 못한다면 그 존재는 필경 공존하지 못하며, 한평생을 자기만의 고상한 착각 속에서 고독할 것이다. 타인을 사랑하지 못하는 자들은 자신을 사랑할 수 없다. 자신을 사랑한다는 것은 자신이 불완전한 존재임을 받아들이는 것이다. 그 자각과 받아들임은 타인의 결함이 나에게도 있음을 아는 내면의 품격에 있을 것이다.

그러나 여름날에 사람들을 미워하지 않는다는 일은 얼마나 어려운가. 나는 이것이 하릴없는 진실이라고 생각한다. 미워하지 않는다는 것은, 그런대로 여간 에너지를 쏟는 일이 아니다. 그리고 에너지가 충만한 사람들은 아마 지하철을 많이 타지 않는다. 지하철 안에는 언제나 기진하고 피곤한 사람들만 가득 차 있다.

#체념하거나 인내하거나2

우리는 보이지 않은 누군가의 배려와 서로를 위하는 쌀 한 톨 같은 마음으로 여태 살아왔다는 사실이었다.

도봉산역은 늘 사람이 길게 줄을 서 있다. 1호선과 7호선을 이어주기 때문이다. 또 7호선은 4호선을 시작으로 서울 곳곳의 모든 호선과 연결되어 있다. 요일을 막론하고 도봉산역은 출발할 때나 돌아갈 때나 사람이 붐빈다. 나는 웬일로 맨 앞줄에 서 있었다. 내 뒤에는 못해도 서너 명의 사람이 서 있었다. 시끌시끌한 소리가 이어폰을 뚫고 들어왔다. 그때 불쑥, 내 옆으로 아줌마 한 분이 머뭇거렸다. 기색으로 보아 새치기를 하려는 모양이었다. 아줌마는 곧장 끼어들지 않았고 줄 옆에서 은근히 서성였다. 나는 별로 상관하지 않았다. 이해도, 관용도 아니었고 그냥 체념이었다. 도덕이라는 것은 나이가 들수록 무감각해지는 특성이 있기도 하니까 그냥 그러려니 했다. 아줌마는 지하철 문이 열리자 두 번째 순서로 탑승했다. 잽싸게 들어와 자리에 앉은 아줌마는 아무렇지 않은 표정이었다. 안 그래도 긴 줄에 아줌마가 교묘한 합세를 하니 통로가 한순간 혼잡했다. 사람들은 더러 내렸고, 많이 올라탔다. 지하철 입구는 넓지 않았다. 맨 마지막 사람이 끝내 탑승하지 못했다.

지하철이 출발하면서 나는 아줌마와 탑승하지 못한 사람을 번갈아 바라보았다. 탑승하지 못한 그 사람은 키 작은 젊은 여자였다. 젊은 여자는 까치발을 들고 지하철 안에 사람 수가 얼마나 있나 살펴보고 있었다. 사람은 많았지만 분명히 못 탈 정도는 아니었다. 심지어 몸집도 작은 여자였다. 하지만 여자는 체념한 듯, 아니면 다음 차를 첫 번째로 탑승하려는 듯, 곧 녹을 것 같은 눈사람처럼 서 있었다. 아줌마는 두 정거장을 가고 내렸다.

나는 가는 동안 내내 인간을 어떻게 있는 그대로 좋아할 수 있을까를 생각하다가 그만두었다. 나는 인간을 그 자체로 좋아할 수는 없었다. 인간이 인간이기 때문에 발생하는 모순을 공연히 수긍할 뿐이었다. 그러니까 우리가 뭉쳐있는 이 세상은, 근사함이나 아름다움이 있기 전에, 다만 체념과 인내가 바탕이 되어야 한다는 찝찝한 진실이 스멀스멀 피어오른 것이었다. 그것은 우리가 가장 인간적일 수 없는 환경일수록 더더욱 인간적이려고 애를 써야 한다는 것. 결국 우리는 보이지 않은 누군가의 배려와 서로를 위하는 쌀 한 톨 같은 마음으로 여태 살아왔다는 사실이었다. 그마저도 소멸된 세상에서 사람은 없을 것이다.

　하지만 우리는 여전히 종종 서로를 멸시하고, 자기 이익을 좇는 것에 혈안이다. 모든 것이 점점 위태로워지고 있다. 나는 이 위태로움을 구태여 증오하지는 않는다. 어쩔 수 있으랴. 삶이 각박하고 무정한 것을. 그러나 나는 한편으로 극히 피곤하다. 내가 이 세상에서 보는 수많은 균열과 모순의 흐름 한가운데서, 아직 다른 면목을 찾지 못했다는 것이. 가장 먼저 '어쩌겠느냐'라는 말을 뱉으며 희망을 버리고 울적한 얼굴을 짓는 것이… 이것이, 사람과 사는 세상에서 사는 내가 취해야 할 가장 마지막 태도인가? 정녕 그러한가…. 한없는 의문과 회의감에 나는 아파한다.

　나는 아줌마의 행태와 홀로 남겨진 젊은 여자의 모습을 무기력하게 바라보았다. 세상은 이토록 아무렇지 않게 무심코 폭력적이고, 때때로 나는 너무 많은 것에 지친다.

#더러운 나에게

자꾸만 아름다워지려고 질문하고 애쓰는 그 마음만 있다면,
그 마음으로도 나는 조금은 깨끗해질 수 있지 않을까.

사람에게 통 관심이 없는 나는 개인주의적인 인간
이다. 또 염세적이고 냉소적이다. '사람'이라는 단어를
떠올리면 나는 '허무'나 '회의'를, 혹은 '야만'이나 '폭력'
을 가장 먼저 생각하고, 겨우겨우 '다정'이나 '아름다움'
을 덧붙인다. 이 '덧붙임'은 최소한의 사람 구실이 필요
했기에 그렇다. 아무튼 접촉하며 살아야 하기 때문이
다. 나는 정녕 '아름다움'이라는 단어와 어울리는 사람
이 무엇인지 모르겠다. 나에게 아름다운 사람은 다 '돈'
으로 만들어지거나, 어디 숨어서 혼자 살거나, 혹은 죽
은 다음에야 미화되는 듯 보였고, 다정한 인간은 그냥

너무 고통스럽고 고독한 인간들이 만들어낸 달콤한 농담처럼 느껴졌다.

나는 인간의 면목을 부정하고 의심하는 나쁜 습관이 있다. 요컨대 겉만 봐서 알 수 있는 건 아무것도 없다는 믿음이다. 이것은 적잖이 슬픈 일이다. 나는 인간이 다성적이라고 생각한다. 야만, 폭력, 악, 아름다움, 우아함, 다정, 등등. 나는 인간이 어느 한쪽의 인격만 가질 수는 없다고 생각한다. 고로 나는 편향적이다. 나는 확실히 '악함' 쪽으로 인간을 본다. 어쩌다 이리 근본적으로 인간을 비관하게 되었는지 모르겠다. 어떤 특별한 사건이나 사태 없이도 나는 오래전부터 서서히 그렇게 되었다. 그편이 사는 데 편했기 때문이었다. 나는 어쩌다 이리 더러워진 걸까. 어쩌면 진실의 상자를 조금씩 뜯는 중인가. 모르겠다. 확실한 것은 나는 이렇게 인간을 비관함으로써 인간으로부터 안전함을 느끼는 매우 불온한 인간이라는 것이다.

그래, 인정하자. 나는 인간을 두려워하는 것이다. 인간에 대한 나의 두려움은 오들오들 떨리는 '공포'보다는 옭아매는 '구속'에 가깝다. 인간의 무지와 무질서와 몰락을 바라보고 있으면 관자놀이가 펄떡거렸다. 달리 어쩌지 못해 무력한 혼란이 엄습한다. 오직 물욕만을 따라가는 광기, 행복의 이데올로기와 당파에 사로잡혀 버린 사람들, 너무 더운 피, 피해의식에 시달린 마른 입술들. 언젠가 그러했고 여전히 내 안에 있는 한 점 비슷한 모습들. 외면할 수 없지만 환대할 수 없는 마음. 떨어지는 별처럼 그것들을 무표정으로 바라보는 나. 우울과 위로의 시대를 넘어, 지루한 다정과 광적인 욕망의 시대를 넘어, 이제는 철저한 무관심과 적대의 시대다. 모두가 모두에게 적대적이다. 그 꼭대기 상층부는 어떤가. 우아한 약육강식이 번뜩이고 있다. 그 투명한 사슬이 단번에 얼굴이 휘감아버리는 듯해 나는 자주 숨이 막힌다. 곳곳이 스산하다. 느슨한 여름의 끝처럼 찝찝하고 질척한 하늘이 한동안 이어진다. 봄은 언제나 조금 멀었다.

나의 두려움은 아마 그것이다. 인간을 봐도 돌멩이를 쳐다보고 있는 듯이, 아무런 감정의 동요를 느끼지 못하는 지경에 이른 게 아닐까 하는 의문. 나는 인간의 일에 반응하고 싶다. 울고 웃고 싶다. 그런데 여전히 잘 안된다. 세상에 몇몇 인간을 제외하고 나는 대부분의 인간을 그렇게 바라보게 되었다. 나는 인간을 느끼기 힘들어한다. 그런 내가 가장 더럽다.

　그러나 다행스러운 일은, 자문해보건대 나는 언제까지나 인간의 아름다움이 무엇인가라는 질문을 그만두지 않겠다는 것이었다. 그 질문을 관둔 순간 나는 인간으로서 실격될 것임을 알기 때문이다. 인간의 악함과 아름다움은 공존하기에, 아름다운 인간은 존재한다. 반드시 그러하다. 그 찬란한 움직임은 불가능하지 않을 것이다. 아름다운 인간이 정녕 무엇인지 모르겠지만, 자꾸만 아름다워지려고 질문하고 애쓰는 그 마음만 있다면, 그 마음으로도 나는 조금은 깨끗해질 수 있지 않을까.

#경솔한 판단

예쁜 것은 고혹적이면서도 위험했고,
편리하면서도 부질없어 보였다.

예쁜 모습을 경계한다. 특히 사람의 얼굴과 겉치레를. 겉모습은 그 사람의 본질을 가장 잘 드러내는 세계의 일부이기도 하면서, 반대로 꾸밈없는 내부의 빛깔을 가장 확실히 덮어두는 인위적인 장막처럼 보였다. 그 판가름을 하기에 만남의 시간은 늘 부족하기 마련이었다. 예쁜 모습이란 한편으로, 단숨에 이성의 기틀을 깨부수고 감정의 영역을 때려 매혹해 버리기도 하는, 매우 위험한 이끌림처럼 느껴졌다. 예쁜 것은 고혹적이면서도 위험했고, 편리하면서도 부질없어 보였다. 예쁜 존재들은 감수성을 나태하게 만들었다. 대충 흑백 화면에 자막 적어 넣으면 명언 같아 보이는 것처럼 예쁜 모습은 눈을 부시게 하다못해 아프게도 한다. 문득 사람들이 서로에게 상처를 주고받고 그 속을 훤히 알면서도 또 속아 넘어가며 관계를 지속하는 모순이 어떠한 끌림인지 나는 조금은 알 것 같았다. 예쁜 모습은 분별력을 상실시킨다. 그래서 정서가 허기진 사람은 어여쁜 것들을 많이 경험한다. 여느 예쁨 앞에서 흥분하지 않기란 참으로 어려우니 말이다. 덕분에 마음의 풍요가 넓어진다. 하지만 동시에 많이 아프기도 하다. 풍요로워진 만큼 공허해지기 때문이다. 나는 그들의 성정을 존중하고 한편으로는 부러워한다. 나는 들끓는 상념으로 쓸데없이 많은 걸 조심하는 피곤한 인간이니까. 나도 때로는 예쁜 것들을 많이 겪고 쓸쓸히 아프고 싶다. 그러나 여전히 생각하곤 한다. 인간의 내면을 들여다보는 힘을 상실케 하고 단숨에 사리를 어둡게 하는 예쁨은 얼마나 소란하고 무질서한가. 그때 우리는 얼마나 많은 경솔한 판단을 했던가. 내면의 지혜를 등한시하고 껍데기를 색칠하는 삶이란 얼마나 딱한가. 외모는 결코 무가치하지 않지만 그런대로 폐해가 되기도 하는 것이다. 외모에 전부를 할애하는 삶은 늙을수록 비참해지기 마련이다. 도심 한가운데는 오늘도 어떤 비참한 박탈이 곳곳에 열럴히 반짝이고 있다.

　나는 예쁜 모습을 싫어하는 게 아니다. 예쁜 모습을 부정하는 것도 아니다. 나는 그저 '겉'에서 끝나고 싶지 않은 것이다. 겉을 즐기지 않고 안을 보고 싶다. 꾸밈을 걷어낸 그 한 사람을 알고 싶다. 안에 있는 사람과 말하고 싶다. 진정한 영혼의 목소리를 듣고 싶다.

#말

가뿐한 말을 기운차게 하는 사람들을
나는 이따금 부러워한다.

　할 말이 없다. 오랜만에 사람을 만나도 나는 할 말
이 없었다. 만남은 늘 속전속결로 진행된다. 인사를 하
고, 대략 안부를 묻는 것은 몇 문장으로 너무나 충분하
였다. 흡연자끼리는 담배를 나눠 피거나, 남자 친구들
은 무심코 팔뚝이나 한번 부딪치는 것으로. 여자 친구
들은 얼굴의 기색이나 전반적인 분위기를 헤아리는 것
으로 이미 충분한 교감이 되었다. 어렴풋하지만 분명하
게 나는 그 사람의 근래를 헤아릴 수 있었고, 그것은 거
의 맞아떨어졌다. 그마저도 성의가 없을까 생각한 어느
날에는 의식적으로 몇 마디를 더 보태었다. 보다 섬세
한 관찰을 기울였다. 그러면 만남의 초반부가 끝난다.

나는 이것이 불편하지 않았다. 여하튼 사람이란 만나기만 하면 그 자체만으로 이미 비교할 수 없는 존재감이 밀려 다가왔고, 그것으로도 이미 내부는 풍요로웠다. 굳이 마음에 없는 말을 치약 짜내듯 꾹꾹 뱉는 것은 오히려 가식이 아닐까 싶었다. 듣는 것을 미덕이라고 믿었고, 인간의 말이란 궁극적으로 더럽고 추악하다고 생각하는 나는 더욱 의식적으로 말에서 멀어졌다. 문제는 늘 그 이후였다.

만남의 초반부가 빛처럼 지나가면 또다시 할 말이 없어졌다. 그러면 나는 늘 들을 준비를 했다. 이것은 오류였다. 모름지기 '잘 듣는 것'은 귀를 가까이 갖다 대는 행위가 아니라 '그 사람이 스스로 이야기하게끔 유도하는 것'이었고, 그렇게 하려면 우선 그 사람을 궁금해해야 했다. '궁금함'은 그 사람이 날마다 새로운 사람이라고 여기는 마음에서 연유했다. 전반적인 삶의 궤도는 잘 변하지 않겠지만, 사람이란 자고 일어나기만 해도 미세한 다름이 용솟음치는 생명이라고 여기는 감사함과 놀라움이 비로소 '궁금함'을 발원하게 했다. 그러나 무지한 나는 그것을 어렴풋이 알면서도 금세 망각했다. 그렇게까지 사람을 들여다보는 게 일처럼 느껴졌다. 궁금하면서도 딱히 궁금하지 않았다.

그럼에도 말이 사라진다는 사실에 어딘지 모르는 마음 한쪽이 분명히 답답하게 느껴진 것이다. 물론 나는 침묵을 사랑하며, 몇 분의 말 없는 순간을 마냥 불편해하는 인간은 아니다. 그러나 한편으로는 가볍고 싱그러운 말수를 가능케 할 '명랑함'의 필요를 종종 절감한다. 그것은 침묵의 불편함을 타개하려는 까닭이 아니라, 지금까지의 무거운 삶에 가볍고 여유로운 숨결을 불어주고 싶었던 심중이었다. 여태 우리들은 너무 피곤하게 살지 않았던가. 만나서까지 피곤한 이야기를 하기는 싫었다.

그런데 여전히 무슨 말을 해야 하는지 도통 알 수 없었다. 허공 속에서 말을 찾아 헤매는 일은 식상하고 지겨웠다. 말의 무게와 삶의 하중은 같다. 무거운 말들은 만남을 지치게 하고, 가벼운 말들은 공허한 껍데기 같아 힘없이 떨어진다. 나는 허공 속에서 문득, '말'이라는 것 자체를 혐오하기 시작한다. 때때로 온갖 폐단을 불러오는 '말'을 하지 않고서는 정녕 교감할 수 없다는 사실에 진저리를 쳤다. 나는 점점 더 말하지 못하는 인간

이 되고 있었고, 가벼운 말을 하지 못하는 내 삶은 무거
워지기만 했다. 그러한 나의 내면의 하중은 나의 주변
사람에게 순식간에 넘어갔다. 나 홀로 짊어진 돌덩이가
나를 만나러 온 사람의 어깨를 짓눌렀다. 그것은 전혀
내가 바라는 바가 아니었는데, 이 후회는 늘 헤어진 뒤
에야 자각되곤 했다.

그렇다. 나는 쓸데없이 진지하다. 애초에 '어떤 말'을
해야 한다는 생각을 한 것 자체가 실격이었다. 그게 무
슨 대화란 말인가. 대화란 어떤 화두나 주제를 들고 서
로의 말 뿌리를 계속 뻗어가는 것일진대, 나는 오해를
받기 싫어 말을 과하게 경계하는 멍청한 처세를 부렸
고, 한편으로는 과묵함이라는 허세를 포기하지 못했던
것이다. 나는 내 존재를 잘못 설계했다. 가볍지 못했다.

그리하여 '명랑함'이라는 태도는 내 생에 가장 복잡
한 난제로 들이닥쳤다. 나는 모든 인간이 형성된다고
생각하는 사람이지만, 정말 끝없이 생각해 봐도 명랑
한 인간은 본래 그렇게 태어나는 인간 같다(정확히는 '
명랑한 면에 조금 더 가까운'이라고 말해야 맞지만). 나
에게는 그 정도로 명랑함은 어떤 특수한 기술로 치부된

다. 물론 꼭 명랑해야 말을 많이 하는 것은 아니며, 말이 많아야 좋다고도 할 수 없고, 지금의 나 자신이 싫은 것도 아니지만, 가끔은 나도 한없이 명랑하고 싶다. 명랑해도 괜찮은 순간만큼이라도 가볍게 재잘거리고 싶다.

가뿐한 말을 기운차게 하는 사람들을 나는 이따금 부러워한다. 나는 아마 말로 사람을 잃어봐서 그 기억이 혓바닥에 자리 잡아, 연거푸 혀를 짓누르고 가라앉히는 게 아닐까 싶기도 했다. 그 사념은 후회를 멀리하려는 마음이었다. 더는 후회를 하고 싶지 않다는 허욕을 품다니. 기가 찬다. 그래 이 형국은 모두 나의 어리석음일 뿐이다.

여전히 나는 말로써 만남을 명랑하게 하고 싶다는 욕망과 지리멸렬한 말에서 멀어지려는 모순 앞에 정처 없다. '말하기'로 행복해 본 기억이 얼마나 오래였나. 그 명랑성은 도대체 무엇이란 말인가. 나는 말을 삼가고 귀를 열고자 하는데, 내 창피한 젊음은 자꾸만 말을 하라고 한다.

#사람 구경

그곳에는 신비롭고 비밀스러운 여운이 있다.

　

한 여자가 카페에서 고개를 여러 번 끄덕이며 존다. 여자는 사인용 상에 앉아있다. 규격은 전혀 사인용 같지 않았는데 의자가 둘씩 마주 보고 있으므로 그 기능을 짐작할 수 있었다. 기능은 곤궁해 보였다. 여자는 언뜻 초라해 보였다. 홀로 상을 독차지해 앉아있는데도 그 모습에서 가뿐함이나 편안함을 찾아볼 수 없었다. 다만 어떤 긴박감 같은 게 느껴졌다. 번민의 순간은 오롯이 혼자만의 것이다.

여자는 옆자리 의자 위에 가방을 올려두었다. 앞자

리 의자에는 자기 몸길이만 한 패딩을 걸쳐 놓았다. 상 위에는 노트북과 노트북 거치대, 힘없는 팔처럼 늘어진 이어폰, 다 마신 커피 몇 잔이 대나무처럼 서 있었다. 모습은 후줄근했다. 모자를 써서 면모는 알아볼 수 없었는데, 모자와 마스크 틈 사이로 보이는 눈은 가늘고 그늘져 있었다. 스치듯 본 눈동자에는 생기가 없었다. 몸집은 작았는데, 그 뒷모습은 여러 사연을 품은 듯 거대해 보였다. 나는 그 뒷모습이 꾸는 소망과 상념에 대해 생각했다. 그것들이 과연 저 자신을 위한 것인가, 다른 무언가를 위한 것인가를.

여자가 이따금 꾸벅꾸벅 흔들거린다. 자는 건지, 앓는 건지 알 수 없었다. 나는 그 여자의 잠 속에서 벌어지는 광경을 상상했다. 이 세계와 잠시 분리되어 자기만의 동산으로 갔을까. 혹은 아무것도 없는 희뿌연 '무'의 세계일까. 고요한 암흑 속에서 누구에게도 말하지 않은 자신의 비밀과 대면하고 있을지도 모른다. 무음 속에 요동이 느껴진다. 그곳에는 신비롭고 비밀스러운 여운이 있다.

이윽고 여자는 몸을 완전히 상 위로 널브러뜨렸다.

고개가 상 위로 박혔다. 정수리가 얼굴이 되었다. 별안간 주머니에서 립밤 같은 게 굴러떨어졌다. 아무도 그것을 주워다 주지 않았다. 나는 립밤을 보며 망설이고 있었는데, 어디서 한 아이가 나타나 그 립밤으로 축구를 하듯 발로 차며 카페를 활보했다. 보다 못한 아이어머니로 보이는 사람이 립밤을 책상 위에 올려 두었다. 아이어머니로 보이는 사람은 아이를 훈계하지 않았다. 여자의 주위는 어느새 고요하다. 나는 밖으로 나가 담배를 피웠다.

#사람 구경2

우리들은 모두 하나의 희미한 움직임, 부서진 화려함이다.

우리들의 생은 때때로 잠시 우리의 것이 아님으로써 완성되기도 한다. 우리들은 모두 하나의 희미한 움직임, 부서진 화려함이다. 모여들고 흩어지는 푸른 파편들이다. 우리의 역할은 그 흐름 속에 정직하게 존재하는 것이며, 그 흐름에서 잠깐의 실감과 안위를 경험하는 것. 가능하면 의미와 가치를 간절히 느끼는 것이 전부. 그것이 설령 무의미의 시작을 야기하더라도, 그것은 결국 잘된 일이다. 우리에게는 석양에 묻어버린 얼굴과 움직임이 있다. 무음 속에 엉켜가는 신경들. 손가락 사이로 떨어지던 설명들. 그런 우리들에게 버티자는 말 대신 다른 할 말이 있을까. 버티자는 말이 텅 빈 구멍처럼 느껴질 때마다 삶이 삶 같지 않았다. 전념하기를 멈추지 않겠다고 다짐했을 때, 문득 무언가를 망각하며 사는 느낌. 그것은 바람직한 상실인가 무의미한 광기인가. 나는 알 수 없다. 그저 우리의 실현과 존재가 유한하다는 것뿐. 그러므로 날들의 억눌림과 억울함, 고통이나 규율 같은 것이 생에 중요한 한 축을 담당한다고 기꺼이 수긍할 수밖에 없다. 이 무수하고 무료한 밤이 깊어가는 것을 붉은 눈으로 직면할 수 있다면. 의지로 낙관했던 수많은 밤. 낯설고 영롱한 별들은 흔들거려서 그만큼 반짝인다는 것을 새삼 바라보며 뜨거워질 수 있다면. 아직 살아야 할 이유들이 구석구석 기다리고 있는 것이니, 늦기 전에 숨을 확장해야 한다. 나는 이산화탄소를 뱉는다. 뱃가죽이 쪼그라들 때까지 숨을 뱉고 나면 내 몸은 숨과 포옹한다. 다만, 다시, 포옹. 그 자체에 대해 생각하기로 한다.

#감당과 증오

삶에서 끝까지 감당해야 할 대상은 언제까지나
나 자신뿐이다.

불가해한 존재와 당면할 때. 사람은 그 존재를 증오
하게 된다. 불가피하게도 그렇다. 감당이 안 되기 때문
이다. 감당하지 못하면 괴롭기만 하다. 이 세상 어떤 동
물도 괴로움을 원하지 않는다. 그러나 현실은 그렇게
호락호락하지 않다. 고작 감당을 허락하지도 않는 인
간들이 족족 출몰한다. 그렇게 우선 감당하기 위해 증
오를 택하지만, 증오는 결코 감당 다음의 발을 디디게
할 수 없다. 증오는 오히려 발을 묶는다. 영원히 증오의
늪에 있게 한다. 그 늪에서 삶은 낭비된다. 증오의 힘
은 그토록 강하다.

살면서 종종 내가 아는 윤리, 도덕, 상식, 가치관, 사고방식, 경험, 내공, 철학이나 관념을 총동원해도 결국 상대할 수 없는 대상을 만나곤 한다. 그 대상은 나에겐 일종의 괴물이었다. 언제나 나를 송두리째 무너트리는 괴물. 그냥 내버려 두면 그만 아닌가 싶다가도 나는 그 존재들을 납득할 수 없어 했다. 그때마다 그 괴물은 나에게 더없이 거대한 존재가 되었다. 이내 나는 내 나약한 사유의 의지와 깊이를 책망하며 그 대상들을 증오하기 시작했다. 미워하고 증오하면 감당할 수 있었다. 안타깝게도, 어쩌면 불가피하게, 그것만이 당시에는 해방과 평온으로 유일한 길이었던 것이다. 그 처세로 나는 일순 감당의 우물에서 빠져나왔다. 증오가 내게 자유를 맛보게 한 것이다. 그러나 과연 그것이 진정한 자유인가. 다만 안일한 위안과 회피가 아니던가. 그러나 삶에는 그마저도 간절할 만큼 작고 나약한 시절도 있다.

무언가를 증오할 때. 그 대상은 이미 내 삶의 심부에 틀어박혀 있었다. 그들은 언제나 나보다 위에서 나를 내려다보았다. 나 아닌 다른 인간이 내 머리 꼭대기에 있는 것은 분한 일이었다. 하지만 그들은 쉬이 내게서 떠나질 않았다. 여전히 나는 그 대상을 생각하면 펄펄 살아나는 증오감에 여념이 없었다. 증오라는 삼엄한 들판에서 내 사유의 힘과 마음의 온기는 박탈되었고, 그것은 결과적으로 은밀한 공포로 귀결되었다. 증오에 잠식되어 버린 나는 수시로 내가 해야 할 일을 잃어버렸다. 증오는 사랑보다 수명이 길고 매혹적이었다. 무엇보다 아주 쉽고 간단하게 이루어졌다. 누군가를 사랑하는 일은 참으로 어렵지만 미워하는 일은 아주 쉽다. 마음속에 어둠이 너무 많아 다른 것을 볼 수 없었다.

그러던 언젠가 나는 그 존재를 증오하는 것인지, 증오감이 익숙해진 것인지도 알 수 없게 되었다. 그 미망이 나를 더 불행하고 외로운 존재로 만들었다. 그때의 초라함은 타인의 위로로는 턱없었다. 그저 불우한 감정에서 벗어나기 위해 그보다 더 짙고 강렬한 무언가를 갈망했다. 그 존재만 생각하면 까무러치게 되고, 감정 상태에서 벗어나게 할 회피 방법을 찾기에 혈안이었다. 서서히 행복의 기준은 높아졌고, 일상은 지루하고 건조해졌다. 그 감정은 무엇으로도 해소되지 않았다. 열심히 뿌리만 내릴 뿐이었다.

이대로는 안 될 일이었다. 분명 무언가 잘못된 것이

리라. 그것은 내 무의식의 저편에서 외치는 비명이었다. 이대로 가면 나는 영원한 증오와 과거의 회귀에서 벗어나지 못하는 노예의 삶을 살 것 같았다. 이제 증오는 내게 더는 해방도, 자유도, 무엇도 아니었다. 그저 나를 광막한 광장 한복판에 떨어트리고 온갖 출구를 봉쇄하는 미망과 결박일 뿐이었다.

　나는 어떤 인간도 미워하고 증오하는 것으로는, 감당하고 받아들이고 용서할 수 없음을 뒤늦게 알았다. 마음이 언제까지나 증오라는 착각의 축제에 머물게 할 수는 없다. 그다음 스텝을 밟아야 한다. 나는 나를 더는 그만 괴롭히기로 했다. 시간이 점점 지나면서 나는 상황과 사람에게 객관화를 시켜가면서 그들을 증오하기 이전으로 되돌아갔다. '그 사람이 왜 그런 행동을 했는가'에서 '나는 왜 그 사람을 증오했는가'를 생각했고, 그들이 내게 어떤 상처나 감정을 던져준 게 아니라, 나 스스로 감정을 창조해서 그것으로 나를 지탱하였음을 인정했다. 오직 나 자신의 평온을 위해서. 나는 그들을 증오하는 나를 이해하기 위해 사력을 다했다. 이해하면 용서할 수 있고, 용서하면 받아들일 수 있었다. 무언가를 받아들이자 나의 내면은 그만큼 넓어졌다. 용서는 타인을 위해 하는 것이 아니고, 나의 평온을 위해 하는 것임을 나는 알았다. 시간은 오래 걸린다. 하지만 시간만 들이면 할 수 있는 일이다. 헛된 조급함만 부리지 않는다면.

나는 물론 완벽히 증오감에서 벗어났다고 말할 수는 없다. 누군가를 전혀 증오하지 않을 수는 없다. 다만 순위가 밀려난 것이다. 나의 맨 꼭대기에서 나를 괴로움의 구렁텅이로 내몰던 그들은 이제 자연스레 쪼그라들어서 내 삶에 아무런 영향을 미치지 못하게 되었다. 무색무취하고 희미하며 평안하다.

나 아닌 무엇도 나를 무겁게 할 수 없다. 누구도 나의 정신을 지배할 수 없다. 누구도 내가 평온하기 위해 애쓰는 일을 막을 수 없다. 무언가에 내 영혼이 사로잡혀 소스라치게 하도록 나는 나를 만만하게 방치하지 않을 것이다. 삶에서 끝까지 감당해야 할 대상은 언제까지나 나 자신뿐이다.

#사랑받고 싶다는 오만

특별하지 않을 때 나는 비로소 나를 사랑하게 되리라.

겉으로 그럴듯해 보이는 데 집착하느라, 정작 어디에도 살아있지 못하는 신세로 살던 적이 있다. 이십 대 초반, 나는 정신적 미숙아였다. 그냥 까놓고 시작하자. 그렇다. 나는 사랑받고 싶었다.

나는 날마다 거울 앞에서 오랜 시간을 보냈다. 누구도 나를 보지 않았지만 거울 속에 비춘 나의 동공은 흔들렸다. 유행, 더 멋진 옷, 더 향긋한 향, 머리카락, 스타일 등등에 나는 휘둘렸다. 내 줏대 따위는 안중에도 없고 사람들에게 더 주목받는 그 모습만을 동경했다. 밖에만 나가면 수많은 눈이 나에게로 향해 있다고 믿곤 했다. 존재하지도 않는 괴물을 닮고 싶다던 시절이었다. 나는 자주 기원을 알 수 없는 공허에 습격받았다. 나는 열심히 나 아닌 다른 누군가가 되고 싶었다. 그 일은 늘 실패했다.

나는 내가 진정으로 되고 싶은 모습에 대해 무지했던 것이다. 더 멋있거나 주목받는 사람이 나타나면 공공연히 그들을 따라 하기에 급했다. 계절이 변할수록 더 갈피가 없었다. SNS에는 신비로운 사람들이 수도 없이 출몰했다. 그 뒤에 가려진 이면을 들여다보는 안목은 나에게 없었다. 늘 반쯤 가려져 있는 인간. 오직 그 무용지물의 세계에서만 나는 온전했다. 그깟 관심이 받고 싶었던가. 관심이 곧 사랑이라고 믿었던가. 돌아보니 그렇다.

어차피 내 것도 아닌, 마음에도 담지 못할 눈길이었거늘.

나는 우리가 서로에게 궁극적으로는 아무 관심이 없으며, 만인에게 사랑받기란 불가능한 일임을 '대충' 알고 있었다. 그 이치를 머리로는 이해하면서도 마음으로는 받아들이지 못했다. '대충' 아는 것. 그것은 그 어

떤 어리석음보다 더 심각한 어리석음이었다. 내 마음
은 자주 싫증을 냈다. 싫증과 무지는 닮았다. 감정이 이
성을 집어삼켜 통제해 버리는 상태에 자주 놓였다. 상
실과 질투심에 흠뻑 취해있을 때 심장이 비정상적으로
박동했다. 그 안쪽에서 깊은 추위가 느껴졌다. 정서의
허기를 가시게 하려면 그렇게 몇 계절을 더 보내야 했
다. 그리고 나는 비로소 그 이치를 받아들이게 되었다.

　돌아보면 그토록 부질없는 것들에 목이 메어서, 정
작 사랑해야 할 무엇도 품에 들이지 못했던 채로 보낸
나의 시절이 아깝다. 생각할수록 나에게 미안할 뿐이
다. 그러나 한편으로는 고맙다. 결국 나는 사랑받으려
는 욕망이야말로 치명적인 마음의 오류이며 오만이었
다고 결론 내렸다. 그러자 한순간 세상이 편안해지는
게 아닌가. 나라는 사람이 끝내 사랑받아야 마땅하다
는 특별함을 내재하는 순간마다 나는 그저 쓸쓸하고 가
련한 인간으로 귀결되기만 하였다. 사랑받고 싶다는 강
박이 나를 무엇에도 사랑받지 못하게, 또 무엇도 사랑
하지 못하게 했다.

　나는 이제 어느 누구에게도 목놓아 사랑받으려 하지

않는다. 사랑을 받아야만 내가 행복해지는 것이 아니고, 사랑을 받지 못한다고 내가 초라해지는 것도 아니다. '사랑받음'이라는 기분. 그것은 가끔 찾아오는 우연의 영역에 존재하는 것이다. 우연은 갈망할수록 비참해진다. 나는 반드시 애정이나 관심을 받을 아무런 이유가 없다. 나는 하나도 특별하지 않다. 특별하지 않을 때 나는 비로소 나를 사랑하게 되리라.

무엇보다 나는 그때의 나로 다시는 살지 않고 싶지 않다. 더는 죽고 싶다고 생각하기 싫다. 무례한 인간이기 싫어서 거짓 친절을 앞세우고. 그런 내게 호감을 가지는 사람들을 괜스레 시기하고. 또 그런 나를 싫어하는 괴상한 일의 반복. 아, 얼마나 가련하고 피곤한가. 타인에게 과히 잘 보이고 싶다는 욕망이란 얼마나 피폐한가. 누구도 나를 이상하게 보지 않고, 누구도 나를 잘 보아주지 않는다. 나는 결국 나를 보는 것이다. 궁극적으로, 나는 나에게 잘 보이면 그만인 것이다.

나는 사위에 울타리를 치고 '혼자'라는 상태를 경건하게 바라보았다. 홀로 있는 시간을 잘 활용하는 습관을 기르며, 나 자신으로 고유하게 존재하려는 시도를 반복하면서. 조금씩 타인의 사랑은 있으면 좋고 없어도 그만인 것이 되었다. 나는 이미 넉넉하다.

　　마침내 곁에 남는 사람들은 내 안의 내가 맞이할 것이다. 내면으로 소통하고 사유하며 나는 사랑을 발견하고 성장할 것이다. 더 늦게 않게 나를 들여다보고, 그 성정의 힘으로 사랑받을 수 없음을 받아들이고, 그 받아들임을 실제로 삶에 적응시킨 도전은, 결국 잘한 일이라고 생각한다. 아무것도 아닌 나는 느슨하고 가볍다. 기대가 가득한 상태보다 외려 한없이 넓고 충만하다.

#순간

관계, 그것은 다만 한 시절의 선물일 뿐임을.

인연과 우연 사이에서 자유롭고 싶었다. 무수히 맺어지고 사라지는 사람들에게 긴히 동등한 무게를 두지 않고 싶었다. 누군가 올 때면 팔 벌려 안고, 갈 때면 팔을 거푸 흔들고 싶었다. 이내 다시 나만을 바라보는 눈을 가지고 싶었다. 홀로 먼 누군가를 그리워하고 싶지 않았다. 내 밤에는 그 밤을 바라보는 나만 있고 싶었다. 수신자 없는 주파수를 더는 던지고 싶지 않았다. 피고 지며 움트는 마음을 가꾸고 싶지 않았다. 모든 나를 내버려 두고 싶었다. 참으로 오래도록 그러지 못했기에.

어느 날 불현듯 나는 오랜 상념을 수정했다. 내 삶의 품질은 관계의 구성 여부로 결정되지 않는다는 것이었

다. 관계, 그것은 다만 한 시절의 선물일 뿐임을. 그러
니 내가 할 일은 간단하면서도 무구하다. 필경 환대의
마음으로 선물을 받고 나누는 것. 그다음 일은 그저 흐
름일 뿐. 삶은 그저 '나'인 것이며, 그것은 억울하거나
외로운 일이 아님을. 그 생각은 나에게 썩 괜찮은 효험
이 되었다. 돌아보면 나는 여태 혼자 그럭저럭 잘 지내
왔다. 그것을 부정하지 않겠다.

　이내 나는 사람들과 연을 섞고 살면서 한편으로는
언제라도 기꺼이 보낼 수 있는, 나름의 기준을 세우기
시작했다. 시작은 오랫동안 함께한다고 생각하되 그렇
지 못하게 되더라도 극히 슬퍼 말기로. 공간에 함께 존
재하고, 작별의 순간 즐거웠다며 손을 흔들기로. 그렇
게 묵묵히 다시 내 길로 들어서기로 했다. 필연은 만드
는 것이고, 우연은 무정한 것이며, 인연은 다만 한 시절
인 것. 어떤 인연의 시절은 오래 이어지고, 어떤 인연의
끝은 정해져 있다. 둘 사이의 어떤 중대한 사건이 일어
나지 않더라도 끝나는 인연이 있다. 그리하여 인연 사
이에 영원이 있다면 바로 순간이다. 나는 영원이란 단
어를 삐딱하고 공허하게 보는 편이지만, 누군가와 오직
순간을 함께함으로 어쩌면, 함께하지 못한다고 하더라

도, 문득 영원이 존재하는 것 같다는 생각을 한다. 순간은 잘 써지지 않는다. 하루 내내 얼마나 많은 생명의 기운이 나를 통과해 갔는지 알 수 없다. 순간은 그러므로 순결한 것, 진실된 무엇이다. 나는 매 순간 진실로 내가 되었다가 혹은 아무것도 아닌 무엇이 된다. 순간은 정직하고, 그러므로 절정으로 가는 가장 빠른 길이다.

결국 함께할 만한 의미가 있다는 확신으로 누군가를 만나고, 앞으로 더 많은 의미를 주고받을 수 있다는 설렘으로 누군가를 기억하고, 기억되는 것. 그것이야말로 감히 영원이라고 나는 쓰고 싶다. 언어로 소통하지 않아도 교감이 되는 옅은 미소의 순간들. 그 정결한 유영 사이에서 존재의 박동이 뛸 것이다.

#어느 가을날

가을날에 길은 속삭임이 되거나 조용한 비명이 된다.

어느 가을날. 나는 카페에 앉아 노트북을 열어놓고 늘어져 있었다. 노트북은 배고픔에 질려버린 사람처럼 아가리를 쩍 벌리고 있다. 하지만 나는 오늘 아무런 양식도 주지 못하는 형편이다. 한 문장도 쓰지 못했다. 내 의식은 서서히 오늘이라는 임무에서 해방되기를 염원하고 있었다. 아직 어떤 임무도 수행하지 못했지만 가끔은 처음 보는 사람에게 말을 걸듯 나 자신에게 아무런 무게감을 두지 않을 때가 있다. 그런 날, 마침맞은 그런 가을에, 나는 세상에서 하나뿐인 관찰자가 됐다.

마우스 커서가 백지 위에서 출발만을 기다리는 달리기 선수처럼 안달 나 있었다. 커서의 공허한 깜빡임을 바라보다가 나는 그만 확고한 싫증을 느끼고, 노트북을 반으로 접어 캄캄한 가방 속으로 집어넣었다. 오늘은 밥을 안 먹어도 괜찮을 것 같은 날이다. 오늘만큼은, 그 무엇도 채워 넣고 싶지 않다.

계절이 북받친 사람처럼 흔들리고 있었다. 진동하는 것을 나는 바라본다. 침묵이 자꾸만 요동친다. 서서히 혼자가 되어간다. 천천히, 주위에 죽어있는 것들을 생명처럼 바라본다. 마치 사랑해버리기라도 할 것처럼, 그것들이 나 자신인 듯, 붉은 눈으로 고동친다. 나는 물화 된다. 늦가을 기운은 소슬하다. 하늘이 바닥의 색채를 닮아갈 때, 내가 사는 세상이 우주의 일부라는 것을 새삼 자각한다. 모든 것이 갈수록 을씨년스럽게 검어진다. 마치 제자리를 찾으려는 태고의 혼백들이 작정하고 거리를 돌아다니는 것처럼. 그러나 드문드문 한 점씩 푸른 게 꼭 희망처럼 보이기도 한다. 저 뒤죽박죽인 하늘이 나를 보고 있다.

거리에는 은행나무가 몸을 지르르 떨고 있었다. 여

러 의미에서 인간 같다. 바람을 덤덤히 받아들이는 그의 자태가 우아하고 쓸쓸하다. 그는 갈수록 몸을 흔들어댄다. 알알이 맺힌 은행이 길가에 몸을 던지며 터져나갔다. 그의 부피가 줄어들었다. 은행과 나뭇잎들이 빛에 도드라진다. 낮에는 노랗게 화사한 길목이고, 밤에는 축축하게 들러붙어 내내 누렇게 질려있는 가을이다. 가을날에 길은 속삭임이 되거나 조용한 비명이 된다.

그리고 '나무'라는 작자들. 그들은 피부를 벗겨가며 나이테를 한 줄 더 그어낸다. 뿌리로부터 멀어진 높은 우듬지는 실바람에도 위태로워 보인다. 무엇이든 위로 향할수록 자주 흔들려야 하는 것이다. 알다시피 중요한 것은 뿌리가 얼마나 깊고 튼튼한가 뿐. 어디선가 거센 바람이나 태풍이 불어온다고 불평을 늘어놓는 것은 아둔한 사고다. 삶은 예상할 수 없고 변칙적이며 무정한 것이 그 본질일 뿐. 그리고 몇몇 인간들은 그 본질을 부정하느라 삶 내내 불편하다. 나는 나무들의 진취적인 파괴와 미련 없는 순례를 시기 질투하며 입술을 물었다. 가을 내내 잎을 떨구는 그들은 적막하다. 참으로 가슴 아픈 아름다움이다.

다시 나는 안쪽을 본다. 카페 창틀에는 이름 모를 식물이 꽂혀있었다. 그는 물 없는 화분에서 어제보다 조금 더 죽었다. 그는 바람이 없어 흔들리지도 못하고 수치스럽게 죽고 있다. 그러나 내 눈에 보이는 것과 다르게 그는 너무 푸릇푸릇했다. 살아있지 못한 것은 아무리 치장해도 비린내가 난다. 그러다 불쑥, 어느 젊은 연인이 그를 카메라로 찍었다. 그는 이제 세상 가장 푸른 모습으로 그 연인 일상의 한 배경을 장식할 것이다. 나는 그가 몸서리치는 것에 슬퍼한다. 어떤 생은 그저 처연하기만 하다. 연인은 휴대폰을 보며 키득 키득거렸고, 나는 그들을 번갈아 보며 잠깐 외로움을 느꼈다.

횡단보도에는 한 연인이 서 있다. 이맘때는 원체 연애하는 사람이 많이 보인다. 그들은 옆구리가 시린지 딱 달라붙었다. 나는 인간의 연애에 도통 감흥이 없어 타인의 연애를 참신하게 바라보는 경향이 있다. 내가 아는 연애라는 계약 관계는 결국 크게 두 갈래로 나뉜다. 하나는 지금까지의 자신을 잠시 유보하고 타협하면서 색다른 경험에 만족하며 행복감을 느끼는 부류이고 다른 하나는 자신의 고유한 자아와 삶의 양식을 고수하며 서로의 다름을 침해하지 않고 만남을 이어가는 부류이다. 내가 아는 사랑은 하나의 삶이 두 개의 삶만큼 넓어져 풍요로워지는 것인데(그것은 물론 간단하지는 않지만 불가능한 일도 아니다). 내가 아는 젊은 연인들의 사랑은 하나의 삶이 쪼그라들고 그곳에 다른 삶이 물들어 서서히 잠식해 가거나, 삶과 삶끼리 서로 부딪쳐 격렬한 변동을 일으키기만 하다 얼마 가지 못하고 처참히 깨졌다. 그런 경우만을 보았다. 그럴 만도 할 것이다. 사랑으로 하여금 삶이 넓어지는 일은, 사랑에 특별한 환상과 의미를 부여하지 않는 그 순간일 것이므로. 그러나 사랑에 의미를 부여하지 않는 사람은 흔치 않고, 그러므로 한편 천진한 젊음일 것이기에, 사랑이란 것은 그토록 외롭게 아프거나 격렬히 깨져 가면서 익어가는 게 아닐까 싶었다.

결국 나에게는 그렇다. 연애라는 것은 그 과정을 적잖이 즐겁게 깨우치거나, 자신의 몰랐던 면목을 발견하고 반성하기 위해 하는 과정에 지나지 않는다. 그 과정 속에서 어떤 사랑은 욕망이라는 혼란을 만나 퇴적되고 고여버린다. 남은 것은 울적하고 공허한 욕망의 변명과 한탄의 날들. 그러므로 젊은 인간의 연애를 보면 내 가슴은 속절없이 아려오는 쪽으로 기울어지지 않을 수 없는 것이다. 이것은 물론 나의 다분한 냉소 때문이지만 말이다. 나는 모든 사랑이 '사랑'이라는 환상의 단어에 미혹되지 않기를 바란다.

남의 연애를 바라보는 과정에도 나는 이토록 질려버린다. 이 지경에 이르니 내가 연애를 한다는 것은 먼 나라의 꿈같은 이야기에 지나지 않을 수 없다. 이런 위험천만한 상념을 굳힌 것으로 보아 나는 너무도 삶을 경계하거나 반대로 애정하기도 한다는 것인데, 이런 내가 가끔은 끔찍스럽게 게을러 보이다가도 한편으로는 쉽사리 무언가에 얽매이지 않아서 그런대로 마음에 들기도 하다.

필경 나의 사랑은 미완의 환영으로만 존재하는 셈이다. 그리하여 나의 청춘은 고달픈 것이 당연하고. 만일 언젠가 내게 연애를 하고 싶은 사람이 나타난다면, 삶에 자주 싫증을 내서 오래도록 혼자 지내느라 이토록 미숙한 것을 몇 번이고 사과해야 할 듯싶다. 그러나 나는 내 삶을 변형시킬 수가 없으니 내키지 않으면 떠나도 좋다고. 떨어질 수 없이 뜨거워지다가 도리어 위태로워지는 상실보다, 조금씩 멀어져서 서로의 존재 속에 본질적으로 포함되기를 기다리는 사랑을 택하겠노라고 말하고 싶다.

연인이 지나가고 나는 다른 곳을 본다. 도롯가의 차들은 몇 년 새 오목하고 매끈해져서 조용히 거리를 미끄러진다. 이제 도로는 예전만큼 사납지 않았지만 부쩍 삼엄함이 감돈다. 이제 어디에도 정겨움 따위는 없다. 검은 광채가 빛나는 길에서 신호등이 외롭게 명멸하고 있었다.

가을에는 사람들의 얼굴이 빠르게 검어진다. 문득 '우리가 이렇게 캄캄했었나?' 하는 생각에 가슴이 따끔거린다. 걸어가는 사람과 우두커니 선 사람의 형체가 문득 모호하다. 이제는 더 추워질 일만 남았다. 팔짱을 끼고 천천히 구부러질 것이다. 근육의 섬세한 요동을 느끼며, 얼기설기 엉킨 신경다발을 들고, 둔한 외투 속으로 간결히 응집한 채, 고요히 흔들려 가는 아득한 밤이 많을 것이다. 그러니 조금씩 뒷모습에 익숙해져야 한다. 가루눈이 세상을 덮으면 눈맞춤 할 길고양이도 어디론가 사라져 보이지 않고, 희끄무레한 입김이 그런대로 다정해도, 어차피 나를 이해할 사람은 나밖에 없다고 믿게 되는 저녁이 많을 것이다. 그러니 각자의 품을 부디 따뜻하게 유지하기를. 다시 누군가를 안게 될 날이 기어이 오리라 믿고.

어느 가을날. 나는 이런저런 시선의 즐거움과 고독과 한탄과 아름다움을 본다. 집으로 가는 길 위에서 이따금 우두커니 서 있었다. 가만히 서서 눈을 감기도 했고, 눈을 감은 채로 몇 초 동안 그대로 걷기도 했다. 어둠 속을 걸으며 나는 내 안쪽으로 낯익은 숨결이 스미는 것을 느낀다. 감은 눈을 뜨지 않고 나는 더 천천히 걷는다. 가물가물해 가는 의식 속에서 빗소리와 바람 소리가 아스라하게 들려온다. 허공에 목소리를 섞는다. 흔들거리는 것들. 모두 그대로 둔다. 이 정도는 아직 절망이 아님을 나는 안다. 어느새 밤과 나의 몸은 부쩍 가까워졌다. 다가올 모든 계절을 정면으로 직면하며 나아갈 것이다. (2023)

넘어진 진심들

#미련

바깥에는 가을 새가 울고 있고,
희미한 햇살이 이마 위로 비스듬하게 내려앉는다.

너는 문득 다시는 사랑 따위는 안 하겠다고 다짐한
다. 너는 식은 국 같은 만남을 가졌다. 쓸데없이 많은
걸 조심했고 때로는 모든 걸 수용했다. 그곳에는 존엄
이 없었고 정체성이 없었다. 다만 너의 상대가 발작적
으로 갈망하는 너의 형태만 덩그러니 있었다. 너는 착
취당하고 있다. 너는 때때로 착취에 안정을 느끼고 안
정을 사랑이라 착각하기도 한다는 것을 깨닫는다. 그
러나 그뿐. 너는 그 만남의 지속으로 내면의 무언가가
소멸하고 있다는 것을 어렴풋이 느꼈지만, 간간이 옅
은 행복이 너를 또다시 착각의 수렁으로 내몬다. 그것

은 말할 것도 없이 행복이 아니었으나, 오래 도드라진 결핍이 살짝 가라앉는 기분을 너는 행복이라고 믿는다. 행복을 가장한 가엾은 안정. 그마저도 염원했던 너의 내부는 수축한 지 오래다. 겨우내 땅의 온기를 느끼려고 엎드려 있었다.

　너의 상대는 인물이 좋고 다정했고 폭력적이었다. 너의 몸을 어루만지는 손에서 너는 삼인칭의 온기를 느낀다. 쾌락은 치명적인 갈증을 유발했다. 대가를 바라자 사랑은 조금씩 행복에서 멀어졌다. 그러나 너는 홀로 될 수가 없었다. 여전히 그러했다. 오래 얼어붙어 있던 마음은 실금 같은 빛에도 녹아내린다. 이성은 소실이 빠르다. 인간은 뼛속까지 감정의 동물인 것이다. 너는 이제 자기 이성의 상실을 적잖이 자각한다. 그러나 그것은 너의 마음 어딘가가 균열을 일으키고 있다는 작은 기분, 우울감이나 의기소침함, 불특정한 공포감에 불과했고, 너는 여전히 상대를 객관적으로 볼 수 없다. 그러한 균열의 자각으로 너는 역설적이게도 상대를 더욱 갈구한다. 그래서 막연히, 너는 그저 언젠가 숨통이 트일 것이라는 믿음에 사로잡힌다. 언젠가 꿈에 그리던 사랑을 희구하면서, 황망한 오기를 부리면서, 너는 그렇게 괴상망측한 만남을 지속한다. 더 아름답게 자신을 가꾸고 눈치를 가장한 배려를 한다. 날마다 너는 할 수 있는 최선을 기울이면서도 설마 그 사람이 만족해하지 못할까 두려워 온몸에 솜털이 바짝 서 있다. 그 속엔 조금씩 뾰족한 것들이 자라났다. 고요한 비명. 그러나 기한 없이 견디고 기대하는 마음의 자리에는 아무도 들어오지 않았다. 더욱 참혹한 착취와 불안정한 안달의 나날만이 너를 기다리고 있을 뿐이었다. 끝내 이별이었다. 아니, 분열이었다. 새로운 미망이 모습을 드러내고 있었다.

그리하여 어느 날, 불현듯 너는 이제 더는 사랑을 하지 않겠다고 선언한다. 바깥에는 가을 새가 울고 있고, 희미한 햇살이 이마 위로 비스듬하게 내려앉는다. 희미한 쟁취를 사랑이라 말하고. 마음을 잃어가면서 존재적 쓸쓸함을 채우고. 달콤한 농담 속 반은 두려움이며. 나란히 세워둔 사진은 추억이 되기엔 너무 불온했으나. 너는 눈물도 흘리지 않는다.

#주인

나는 나를 최소한 비참하게 만들지 않을 수는 있는 것이다.

내 오랜 사유로 내린 결론은 이렇다. 어떤 감정도 타자가 나에게 주입할 수 없다. 감정은 끝내 밖에서 흘러들어온 게 아니라 내 안에서 발원한 것이다. 그러므로 감정을 무한히 폭발시키는 일도, 덤덤히 잠재우는 일도 오직 자신의 몫이다. 어떤 감정도 원망이나 증오로는 소멸되지 않고, 해소나 분출로도 사라지지 않는다. 그것들은 모두 감정을 잠시 덮어두는 일시적 장치일 뿐이다. 휘발된다는 기분은 착각이다. 근본이 변하지 않으면 결국 똑같다. 배척이나 회피는 더 최악이다. 감정을 딱딱하게 굳혀 마음 안뜰에 들여놓는 일이니까. 감정은 늘 무의식에서 발원하기 때문에 문제를 초래하는데, 여기서 나는 의식의 힘을 다시 한번 믿어본다. 의식은 무의식을 통제할 수는 없지만 사로잡히지 않을 정도의 힘은 충분히 가지고 있다. 나는 나를 최소한 비참하게 만들지 않을 수는 있는 것이다. 그렇게 생각하면 어떤 기분이나 감정을 조절하는 일이 한결 수월했다. 애초에 내가 만든 감정이니 없애버릴 수 있는 사람도 오직 나 아닌가.

감정을 일어나게 한 것은 결국 나 자신이다. 나는 다시 이 말을 되씹는다. 나를 해치는 것은 그 누구도 아니다. 처음부터 그러했다. 누구도 내가 어떤 감정을 느끼는지 알 수 없다. 인간은 끝까지 자신의 안에 고립되어 있고, 벗어날 수 없으며, 마침내 나눌 수도 없는 존재다. 이 무정한 사실은 자기 스스로 자신을 치유하고 오직 자신과 이야기를 나누는 자에게는 최후의 구원이 되고, 그 반대는 평생의 속박과 외로운 유랑이 된다. 나는 주인의 삶을 체험하고 싶었다. 내막에서 벌어지고 있는 모든 뒤틀림의 근원이 나 자신임을 자각하고, 그것을 고요하게 바라보는 시도를 계속했다. 조금 일그러진 내 얼굴을 직면한 후에는, 서둘러 본연의 모습을 되찾으려 움직이는 나를 보았다. 그 누구도 내 정신세계에 침입할 수 없다.

#반항

어디선가 다가온 누군가의 손길이 정수리를 눌렀다.

어려서부터 '싸가지 없다'라는 말을 자주 들었다. 어른이 만든 개념에 반항했기 때문이다. 어른들은 말하곤 했다. 예의범절은 기본이다. 인사성이 바라야 한다. 허리는 많이 굽혀야 한다. 목소리는 크고 옹골차야 한다. 성격은 명랑하고 쾌활해야 한다. 공놀이나 뜀박질이 취미라야 한다. 밥은 복스럽게 먹어야 한다. 무엇보다 어른들 말을 잘 들어야 한다. 훌륭한 사람이 되어야 한다. 그러면 어른들은 너를 예뻐해 주고 사랑해 줄 것이다. 나는 그런 말을 들을 때마다 속으로 비웃었다.

소년인 나는 강제로 인사했던 적이 많았다. 때로는 정말 인사하기 싫은 인간이 있었는데도, 어디선가 다가

온 누군가의 손길이 정수리를 눌렀다. 주로 가게에서 그런 일들을 겪곤 했다. 하루는 가게가 떠나가라 소리를 질러대고, 초장 그릇에 담배를 문지르거나, 소주병을 깨고 "빨리 여기 좀 치워 봐!"하며 되려 독촉하는 인간을 보았다. 나는 인사는커녕 가까이 다가가기도 싫었다. 그 상도덕 없는 인간을 연신 경멸하면서 그저 내 부모가 얼마나 치열하게 살아가는지를 가늠했을 뿐이었다. 인생은 모욕과 인내의 연속이란 것도 그때 알았다. 그렇게 물끄러미 인간의 추태를 바라보고 있으면 어디선가 호출이 왔다. 손님에게 인사하라는 엄마의 말. 하필이면, 그 사람이 단골이라는 엄마의 말. 나는 엄마 옆에서 금방 입대한 신병처럼 멀뚱히 서서 여기저기 돌아가며 인사를 했다.

역설적이지만 나는 외려 어린애 흉내를 잘 냈다. "안녕하세요"라며 나는 인사한다. "큰아들이야?" 반말에 부아가 치밀었다. 그는 나를 보지도 않는다. 그건 뭐 상관없다. 어차피 나도 볼 생각이 없다. 반말을 한다는 것으로 나는 그 인간의 품격을 얼추 가늠했다. 그러나 엄마는 마치 직장 상사에게 보고하는 사원처럼 말했다. "네, 큰아들이에요. 이제 곧 중학교 들어가요. 요즘 애들은 너무 잘 커. 몸이 작살나겠어, 아주. 하하하…" 너무 밝은 엄마의 목소리가 괜히 미웠다. 그 단골이라는 아저씨는 내게 엄마 말을 잘 들으라고 했다. 역겨웠다. 공공장소에서 상도도 못 지키는 주제에 누구보고 말을 잘 들으라는 것인가. 나는 "네"라고 대답한 뒤 한동안 아무 말도 하지 않았다. 물론 은은한 미소는 잊지 않았다. 배시시 웃는 얼굴은 소년인 내가 어른을 상대하는 가장 좋은 기술이었다.

　나는 단지 어른이라는 이유만으로 모두에게 동등하게 인사를 해야만 하는 것이 치가 떨리도록 환멸이 났다. 도대체가 왜, 저 아무 관심도 없는 심드렁한 얼굴에다 고개를 숙여야 하는 것인가. 당최 알 수 없었다. 그저 하라니까 했을 뿐. 그것은 어린 사람의 숙명 같은 것이었다. 성인이 되지 못한 사람의 존엄은 존중받지 못한다. 어린 사람이 '나다워서는' 곤란한 것이다. 내가 만난 대다수의 어른은 어린애는 자아 형성이 불가능하다고 생각했다. 특정 나이가 되기 전까지 '나답다'라는 형성은 이루어질 수 없는 것이라고 실컷 착각했다. 가끔 자아를 형성한 애들은 그저 '이탈자' 혹은 '반항자'에 불과한 취급을 받았다. 그 이탈이나 반항을 잠재적 재능이나 어떠한 결과물로 증명해내지 않는 한 그 반항자는 그저 싸가지 없는 '이상한 애' 취급을 받는 것이다. 나는 어른들이 나를 더더욱 이상하게 봐주기를 내심 바라곤 했다.

그때부터 나는 더욱 형식적인 올바름을 이행하면 사랑받는다고 말하는 세상이 싫었다. 정형화된 모습에서 벗어난 사람을 이해하는 어른이 희박해지는 게 슬프고 분했다. 몰인격하고, 품위라는 건 찾아볼 수도 없으며, 경박스럽고, 그야말로 가까이 다가가기도 싫은 인간에게 인사를 하지 않을 권리 같은 것은 없는가. 개성과 다름은 어째서 사랑에서 멀어지는가. 도덕이란 개념은 얼마나 우스운 장난인가. 그 안에 있는 예의의 마음보다 겉껍질의 형식으로 인간상이 결부되는 삶이 어째서 행복한 삶이라고 말하는 것인가. 나는 그냥 모든 것이 싫었다. 그중 내가 가장 싫어한 말은 '평범함'이라는 말이었고, 속으로 은밀히 좋아했던 말은 늘 '반항'이라는 말이었다.

그 후로 나는 순응과 반항 사이에 질긴 줄을 이어놓고 그 경계를 오가며 살았다. 만인에게 관심받는 껍데기는 사양이다. 나는 내가 인사하고 싶은 어른들에게만 인사를 했고 인품이 입증된 사람에게만 예의를 보였다. 초등학교 6학년이었나, 담임선생님의 기품에 감동했던 기억이 난다. 선생님은 늘 내게 정중한 태도로 일관했고, 잘못된 행동에는 확실하고 단호한 어조로 나를 부끄럽게 했으며, 이따금 따뜻한 포옹으로 내 학교생활에 활기를 돋게 했다. 그는 내가 아는 최고의 어른이었다. 생생한 삶은 그곳에 있었다. 나는 다만 그리 나이 들어가겠다고 굳게 다짐했다.

엄마는 언제부턴가 가게에서 나를 인사시키지 않았다. 하루는 그것에 대해 물었다. 엄마는 그때 그 사람들(단골)이 이제 안 온다고 했다. 나는 기쁘지도 슬프지도 않은 마음이 되어 엄마를 멍하니 바라보았다.

#다만 인연을 따를 것

삶은 사람과 살아감의 합이고,
인생은 인연과 여생의 합이다.

1

인간에게 기울인 정성과 돌아오는 애정은 비례하지
않는다.

2

기대 없이 자신을 할애하고 기꺼이 손해 보며 살아
도 괜찮을 듯할 때, 마침내 사람은 사랑할 준비가 된다.

3

나는 이따금 자기 마음의 결함이나 염증을 주체할 수

없어, 만인에게 지나치게 자신을 희생하다 홀연히 버려져 오래 상처받는 사람을 볼 때면, 속이 문드러져서 도저히 견딜 수가 없다.

4

상대방에게 지나치게 기대를 거는 삶은 고이고 또 고인다. 소통되지 못한 서로를 향한 기대치가 관계를 부순다.

5

타인을 변하게 하고 싶다는 마음은 오직 자기 집착과 욕망일 뿐이다. 나는 타인이 그저 그대로 있게 한다. 비로소 그때 나 또한 고유한 존재가 된다.

6

마음에는 값을 매길 수 없다. 마음은 바람보다 쉽게 흐른다. 흘러나가고 소용돌이친다. 마음은 그렇게 수시로 변화하고 제멋대로인 것이 그 본질이다. 그러니 한결같은 사람을 바라지 말고 다만 인연을 따르라.

7

결코 손절할 수 없는 인간은 없다.

8

인간은 기본적으로 이기적이고 불완전하며 나약하다. 인간은 필경 자신을 지키고 보호하게끔 설계되어 있다. 그러나 인간은 희망하고 교감하고 사유함으로 더 나은 무언가를 실현하기도 한다. 이 모든 것을 인간은 다 지니고 있다.

9

삶은 색채가 없는 게 그 실체이므로 미완을 여정으로 삼는 인간의 동공은 빛을 내리라.

10

신념이 너무 굳어버린 삶은 위험하고 고달프다. 언제나 예측할 수 없고 불가해하며, 불가피하고 별일이 다 있는 게 우리네 삶 아니던가. 간혹 '나에게 절대로 일어날 수 없는 일'의 목록이 있는 사람을 본다. 나는 안타까워 몸서리를 친다. 그런 게 도대체 어디 있는가? 만약 그 일이 벌어진다면 그러면 그때는 죽을 것인가? 팔자 탓이나 하며 한탄할 것인가? 죽지 못해 살 것인가? 그 '만약'이 삶이 아니면 대체 무엇이 삶이란 말인가.

11

모르면 모른다고 대답하는 인간은 절반의 지혜가 있다. 모르는 것을 안다고 고집하는 인간은 다량의 어리석음이 있다. 모른다는 사실조차 모르는 인간은 완전한 무지 속에 있다. 어리석음을 반복하지 않는 인간은 점차 지혜에 닿는다.

12

능력은 출중하되 자세를 낮추는 인간이 진정한 어른이 된다.

13

지식은 전달할 수 있지만 지혜는 그럴 수 없다.

14

사랑은 뼛속까지 다른 타인을 받아들이는 것뿐. 그 외에 사랑이라 칭하는 대부분의 것은 비현실적인 환상이거나 도취적인 동경이다. 그것은 인간을 차근차근 무의미의 들판으로 데려간다. 그 끝에서 아마 상실은 인간의 시야에 들어오지 못할 것이며, 불온은 끝이 없을 것이다.

15

삶에서 무얼 믿든 자유다. 부정은 그 또한 진리가 될 수 있다. 물론 논리와 행동이 없는 부정은 아집이다.

16

언제까지나 자신의 관념을 수시로 의심하고 수정하는 인간이 끝내 완성되는 인간이다.

17

좀 더 좋은 사람이 돼야겠다는 결심을 집어치웠다. 답답해서 살 수가 없다. 좋은 사람이라는 게 도대체 뭐란 말인가. 착한, 헌신적인, 이타적인, 다정한, 너그러운, 차분한, 신중한, 배려심 넘치는, 밝은, 사랑스러운, 명랑한, 자애로운, 인간적인, 등등…. 쓰기만 했는데도 피곤하다. 이러한 모호한 관념들이 나를 좀먹는다. 나는 다만 사람을 가리지 않고 친절하려 한다. 친절함이라는 태도 하나조차 행하지 못하고 살았던 날들이 얼마나 많았던가.

18

모든 사람은 산다. 모든 사람이 죽는다. 모든 삶은 산
다. 모든 삶이 죽는다.

19

삶은 사람과 살아감의 합이고, 인생은 인연과 여생
의 합이다.

20

삶은 나의 것이고, 인생은 우리의 것이다.

#이내

나는 유난히 푸른 '이내'를 자주 보았다.

해가 숨고 밤이 오기 전, 하늘에 푸르스름한 기운이 남아 있는 잠깐. 30분이 채 넘지 않는, 낮과 밤이 교대하는 찰나의 하늘을 '이내'라고 한다.

낮이 우물쭈물하는 늦여름. 나는 유난히 푸른 '이내'를 자주 보았다. 하늘의 의중은 인간이 알 길이 없지만. 모름지기 '이내'는 붉은 낮이 사라지려 하기 전에, 검은 막 앞에서 잠시 하염없는 순간이 아닐까. 애매한 경계의 순간. 자신을 이만 거둬야 할지 말아야 할지 망설이는 기색의 빛깔이 아닐까 했다. 그는 파랗게 허탈했던 모양이다.

'이내'는 일자로 그은 바다를 바라보는 것처럼 아무런 거슬림이 없다. 구름이 되레 얼룩인 하늘이다. 곧 드리울 어둠, 그것만을 남겨두고 얼마 뒤에 사라지고 마는 푸른색 미련, 그러나 사라져야만 하는 운명을 간직하고 있는 '이내'는 순간의 귀함과 희귀한 슬픔을 일깨운다. 슬픔이 그 자체로 드넓다.

나는 '이내'를 올려다볼 때마다 꼭 함께 바라보고 싶은 사람을 떠올리곤 했다. 잊은 듯 살다가도 새삼스러운 풍경과 함께 급히 차오르는 사람이 있었다. 혼자 보기 아까운 풍경에 경탄할 때마다 곁에 없지만 종종 안으로부터 함께하는 사람이 있다. 그러다가도 "하늘 참 예쁘네" 하면서 덧없이 그 아래를 지나가나 하지만.

사람은 한 사람의 자취를 깡그리 잊을 수는 없다. 아직 보고 싶고 애틋해서가 아니라, 온전히 떠나고 싶어서도 아니라, 본래 내면으로 교감한 사람은 소멸하지 않는 것이다. 이따금 아른거리며 평생 내 천지를 사선으로 가로질러 가는 사람. 풋풋한 옛 시절 천방지축 사랑 이야기. 특별한 하늘을 바라보는 것뿐인데 갑자기 나는 그 이야기의 뒷부분을 잊고 있다. 영영 쉼표로 끝나는 이야기들이다.

　나는 누군가와 완전히 이별할 수 없다는 인연의 지엄한 숙명을 받아들이는 편이다. 그래서 한 점 그리움이라는 마음이 손톱에 한 올 일어난 살갗처럼 아릿하면 부러 바쁜 체하며 걸음을 재촉하곤 했는데, 요즘은 어쩐 일인지 되레 멈칫하게 되는 순간이 늘었다. 아, 나는 아직도 마음을 외면하는 인간이다. 마음을 외면했더니 오히려 더 아팠다. 그 하늘도 한순간 사라지고 있었다. 어둠이다.

　나는 잠시만 그리워하다가 다시 걷는다. 한 대상으로 향해 있는 게 아닌, 그리움이라는 먹먹하고 애틋한 기분 그 자체를 만진다. 아무렴 내가 멈춰 선 하늘은 고맙게도 길지 않아 다행이라고, 그런 생각이나 조금 했다. 새하얀 하늘에 비단 같은 푸른 이내가 낄 때마다 나는 새삼스러운 작별을 한다. 이윽고 다시 해야 할 일을 하러 발을 뗀다. 우리가 이 땅 어딘가에서 뱉는 숨의 기운이 그 하늘을 만든 것이라고, 왜인지 나는 그리 생각하고 있었다.

#짝사랑

심장 쪽으로 쪼르르 되돌아간 진심들은 바큇자국을 남긴다.

몇 해 홀로 누군가를 좋아해 본 일이 있다. 상념이 걷잡을 수 없이 부풀어 입술이 굳게 닫히고 심장은 빠르게 뛰었는데, 그 버거운 박동마저 좋았던 시절의 일이다. 빠르게 뛰는 심장을 가라앉히는 유일한 방법은 그 애의 근처를 서성이는 일이었다. 소심한 사람의 처방법이다. 아니, 처방은 아니다. 자존의 빈곤으로 인한 균열을 겨우 한 귀퉁이 메웠다는 말이 더 정확하다. 당시에는 그게 가장 안온한 처신이었다. 열렬히 감정을 누르고 일부로 마음을 부정하며 이제 나에게 남은 그 어떤 기대도 소멸되기를. 그것을 목 빠지게 바라는 마음밖엔 할 수 없었던 시절. 나는 상실과 파괴를 얻었고 후회와 허무와 놀았다. 기대는 그렇게 두려움이 된다.

이상하면서도 아름다운 매일이 쌓이고 쌓여 있었다. 의미를 부여하는 일은 인간의 하릴없는 비애다. 아, 그 궁핍한 허영심. 차가운 마음이 전하는 섬뜩한 냉기를 느끼며 나는 멀어지지도, 다가가지도 못한 채 다만 붉은 고독만 지킨다. 내 입속은 너무 미끄러워, 하루에도 수없는 말들이 축축한 기도 밑으로 굴러떨어졌다. 말은 고여서 해묵었다. 나는 진심을 발음할 용기나 결심은커녕 삼켜 넘겨버린 말을 어떻게 잘 소화할까를 먼저 생각했다. 초라하고 급급했다. 당연히 소화는 이루어지지 않았다. 그렇게 해묵은 말들이 퀴퀴하게 썩은 채로 몇 해 방치되었다. 말들은 눈을 감아도 보였다. 심장 쪽으로 쪼르르 되돌아간 진심들은 바큇자국을 남긴다. 한번 다져진 길 위를 지나는 편안함은 안일함으로 변모한다. 나는 어언 진심을 꿀떡 삼키는 일에 익숙해져 있었다. 그야말로 황홀한 재난이었다.

영혼은 순수할수록 많이 다친다. 계속 다치고 다치다가 무감해지면, 그때 영혼은 생각을 하기 시작한다. 생각을 할수록, 그렇게 성숙해지기도 하고, 그렇게 순수함과 멀어진다. 계절이 구름처럼 더디고 무심하게 지나갔다. 마음과 구름은 닮았다. 희끗하지만 분명하게,

나는 커지고 커지지만, 그 무엇에도 속하지 못한다. 그 애가 웃으면 자주 가슴이 아팠다. 하루는 뒤늦게 도착하는 어떤 편지처럼 무엇인가 가슴에 쿡 박혀왔다. 그곳에는 '후회를 떠안고 살 운명'이라고 적혀 있었다. 금방이라도 무너질 것들만 사모하는 나는 진심이 무엇인지 알지 못한 채, 나의 뜨거운 패배를, 고이 접어 넣는다. 그때 내 품에는 얼마나 많은 빛이 있었던가.

#다음 주에 비가 온다 했다

그토록 멀고 이렇게나 가까운, 한바탕의 애틋한 여로.

우리는 다시 외로워질 것이다. 남에서 우리가 되겠다는 여정을 기꺼이 각오한 '우리'는 '보고 싶음'이란 상실의 짐을 짊어지고 있다. 참 좋은 시절에 만나서, 세상 걱정 하나 없이 잘만 행복했던 사람일수록 그 상실은 크다. 추억이 다층적일수록 홀로의 공허는 깊다. 시절이 주는 대가가 있다. 어떤 경우에도 삶에 공짜는 없다.

시간은 무겁게 가속을 낸다. 스스로와 화해할 새도 없이 무심하게 소멸한다. 시간은 변형하며 떠나가고, 시절은 추억의 바깥으로 속절없이 밀려나 흔들거린다. 우리는 은연중에 변화하는 각자의 정서를 알 수 없게 된다. 그러나 중심부에 우정이라는 뼈대는 꼿꼿이 세위둔 채로, 다만 그렇게 맺고 잊으며 살아간다. 우리는 시간이 흐를수록 차츰 어색해지거나 무르익는다. 시간은 모든 가면을 벗겨낸다. 그리고 마침내 시간도 곁을 떠난다. 남는 것은 연한 민얼굴, 고독의 다른 이름이다. 무릇 모든 고독은 비밀이라는 하나의 뼈대가 세워지는 셈인데, 그 뼈대로서 우리는 서로의 등을 쓸어주기도 한다. 요컨대 남에서 '우리'가 될 때부터 우리는 필연적으로 어떤 감당들을 짊어지게 되는 거다. 그 감당을 기꺼이 감수하면서도 우리는 우리가 된다.

나는 이따금 그 감당의 심부를 물끄러미 들여다본다. 그리고 나는 생각보다 강한 심장을 가졌다고 위안한다. 그것들은 무엇인가. 홀로의 허전함. 거리의 야속함. 도회의 엄혹함. 적막의 쓸쓸함. 농밀한 어둠의 연쇄와 다양한 탄식. 초연한 독백. 그 여백에 존재하는 모든 것들이다.

시간이 흘러 차츰 낯설어진 각자의 얼굴을 마주할 때. 우리가 이렇게 서먹했었나? 하며 괜스레 쓸쓸해지곤 한다. 그때 우리는 급급한 현실이나 작별했던 시간 탓을 하겠지만, 사실 그건 세월과는 하등 관계가 없다.

'서먹함'은 그저 마음의 가난일 뿐이다. 그러나 멀어져 있었던, 사뭇 안쓰럽게 변화한, 서로 간의 공백에 대한 책임으로 가장 적합한 것이 세월이라는 단어밖에 없으니 어쩌랴. 우리는 너무 멀리 가서 그간 소홀했던 마음을 어눌하게 더듬는다. 그러니 만나야 한다면, 부디 따듯한 손길을 준비하기를. 그러지 못한다면, 무관한 채 각자 최선의 하루를 살기를.

'우리'는 자주 연락하겠다고 스스로 다짐하면서도 이상스레 전화기 앞에서 주춤하는 일이 잦을 것이다. 배려의 탈을 쓴 무력한 마음이다. 그것은 아주 직설적으로 따끔거린다. 익숙함과 소홀함의 차이가 모호해지고, 그때 마음의 여유는 상실되어 있다. 우리는 오래도록 홀로 모든 걸 해결하려 한다. 나도 그랬다. 나는 참 강인하다고 자부하면서도 때로는 어떠한 도움도 청하지 못하는 멍청한 인간으로 살기도 했다. 세상은 그리 어수룩한 곳이 아니지만 나는 지레 겁을 먹고 손잡는 방법을 기피했으리라. 그것들이 균형을 이룰 때 더 멀리 갈 수 있음을 나는 뒤늦게 알았고, 오래 철저히 혼자였던 내 얼굴에는 힘없는 수염이 거뭇하다.

그리고 다시 밤. 고독하고 치열한 밤. 나 자신을 고쳐나가야 할 운명에 놓인 밤. 마음이 자꾸만 불어나는 밤. 문득 서로의 잔상이 희끗 얼비친다. 애틋한 누군가가 종종 여러 가지 얼굴로 주위에 나타난다. 나는 무얼 염원하고 있는가. 나의 염원은 얼마나 묵어 있나. 이 맹목적인 적막은 다 무얼까. 나는 자문했다.

내 마음 안뜰에는 빈방이 있다. 그곳에서 나는 의도치 않게 떠올려지는 서로의 일상을 응원한다. 내 일도 아닌 일로 슬퍼하고, 분노하며, 자랑스러워한다. 모든 모습은 기꺼이 외면할 수 없으므로 애달프며 찬란하다. 무음 속에서 생명은 솟구친다. 나는 아득하게, 그러나 진실로 서로의 아픔과 소망을 나눈다. 그것은 참으로 이상하면서도 실재하는 감각이다. '너'의 아픔들은 먹구름처럼 은밀히 비를 내리기도 하지만, 비바람이 내리치는 밤을 함께함으로 '우리'는 계절에 함께 있음을 안다. 우리는 보이지 않을 때 진정 서로에게 어떤 마음인지 안다. 그것은 언제나 우리를 잊지 않겠다는 명징한 다짐. 우리가 가진 최후의 전략은 언제나 부재의 흔적을 배회하고 매만지는 것. 그토록 멀고 이렇게나 가까운, 한바탕의 애틋한 여로. 그 어수룩한 진심이다. 우리는 아픔으로 우리가 된다.

다음 주에 비가 온다 했다. 비 내리는 밤에 나에게 맺어져 있는 '우리'의 얼굴을 떠올리고 천천히 허공에다 호명할 것 같다. 작별의 기간은 다시 만나기 위한 훌륭한 준비가 아니겠냐고 거푸 되뇌면서 다시 하루라는 향연의 정면으로 갈 것이다. 내 곁에 남은 사람들과 잔잔히 살아갈 수만 있다면 더는 아쉬울 것 없는 삶이겠다.

#소주잔 소리

거리낌 없이 못다 한 진심을 꺼내 보일 때 서로는 치유된다.

내부에 긴 시간 쟁쟁거리는 울림이 있다. 그 울림을 듣고 심경이 변화를 일으킬 때 주로 그러하다. 울림은 기억을 보존시켜 존속하게 한다. 존속된 울림은 비슷하면서도 새로이 되살아난다. 되살아난 울림은 시간 속에서 출렁거린다. 사람과 울림이 같아지는 순간에 생은 아담하고 맑아진다. 그 응집된 기억의 집합은 내가 된다. 내 모습을 많이 아는 타인이 있음은 앞날을 생기롭게 한다. 어떤 기억들은 시간에 의해 훼손되지 않는다.

나는 친구들과 여러 해 소주를 마셨다. 나는 주로 한

사람 내지는 두 사람과 술자리를 가진다. 네 사람이 넘어가기 시작하면 그때부터는 '자리'가 아니라 '행사'가 되는 기분이다. 술자리가 행사가 되면 아무래도 언행을 조심하게 된다. 언행을 신경 쓰기 시작하면 서서히 피곤하다. 불편한 자리에 놓인 술은 그저 독약 같거나, 조심스레 대해야 하는 다른 무엇 같다. 슬슬 취기가 올라가면 나는 그제야 불편함의 사슬을 조금씩 풀어가는데, 이것은 편안함이 아니라 노곤함에 가깝다. 그렇게 노곤했던 술자리는 대부분이 후회스럽다. 내가 온전히 존재하지 못했다는 느낌을 강렬히 받기 때문이다. 술자리에 사람이 많아질수록 나는 나로부터 멀어진다. 가장 먼저 자연스러움이 사라진다. 취기가 올라서야 거리가 좁혀지는 술자리는 가능한 피하고 싶다.

술자리에서 맺은 관계는 아주 극단적으로 나뉜다. 평생 마주칠 일이 없어지거나 갑자기 자주 만나게 되거나. 점점 타인에게 자신을 공개하는 일이 거북해지는 세상에서, 술자리는 그 사람의 심성을 낱낱이 보여주는 거의 유일한 자리일 것이다. 술자리에서 누군가는 자신을 부풀려 보이고, 누군가는 자신을 감춘다. 누군가는 자신을 덤덤하게 말했고, 누군가는 새삼 이상한 말들을 끄집어내어 분위기를 유쾌하게 만들려 애를 쓴다. 그렇게 술자리는 단박에 나와 통하는 사람을 알아보게 하거나 뜻밖의 불편함을 느끼게도 한다.

나는 술자리에서 보이는 누군가의 '그 모습'이 전부가 아니라고 거푸 유념하거나, 어쩌면 그 모습만이 유일한 진면목인가를 가늠하는 일에 진땀을 뺀다. 나쁜 편견에서 벗어나기란 여전히 어렵고, 좋은 편견을 어디까지 믿어야 하는가도 여전히 어렵다. 그리하여 술자리라는 무언의 검열 과정을 거친 후에도 이어지는 관계가 여실히 소중할 따름이다. 술자리에서 만나지 않았더라면 더 좋았을 사람들을 생각해도 딱히 아쉬운 마음은 없다.

내 친구들은 술을 적절히 어울릴 만큼 마신다. 나는 이것이 극히 다행스러운 축복이라 생각한다. 알코올을 분해하는 능력이 비슷비슷한 사람과 친구가 된다는 것은 과연 얼마만의 확률인가. 나는 참으로 복이 많다. 술은 맨정신이라는 의식이 자꾸만 벽을 쳐 그 뒤에 가려진 자신이 더 편안해지는 단단한 경계 태세를 일순 허문다. 취기는 무언가로부터 물러나 있던 내부의 묵은 말을 끌어 올려 발음하게 하는데, 이때 들리는 목소리의 미세한 진동과 미묘한 부끄럼을 나는 사랑한다. 거리낌 없이 못다 한 진심을 꺼내 보일 때 서로는 치유된다. 멍청함과 농밀함 사이에서 한없이 즐거운 술자리는 생에 자유가 되었다.

술자리에서 나와 친구들은 종종 우리가 처음 만났을 때의 이야기를 한다. 서로가 처음 만난 날, 오늘 이렇게 소주를 마실 거라고 상상이나 했냐고. 문득, 함께한다는 이 자체로도 조용한 전율이 맴돈다고. 그토록 인연이란 게 신비롭고 또 이상하다고. 그 이상함은 두려움보다는 설렘에 가깝다고 수런거린다. 함께 만든 추억들을 보며 깔깔거리고, 살아갈 미래를 이야기하는 사람이 변하지 않을 때, 나는 인생이 살만하다고 확신하곤 한다.

술자리는 전혀 맞물리지 않는 서로의 면목을 드러내게도 한다. 서로가 죽이 잘 맞는다는 것에 감사함을 잊지 않으면서도, 인간이 저마다 고유한 존재라는 것을 다시금 일러 준다. 서로의 다름에 자존심을 부리지 않고, 낯설고 새로운 결을 흔쾌히 받아들이는 순간은 찬란한 맞물림이다. 때 묻지 않은 하얀 옷처럼 솔직한 얼굴이 반갑고, 그 얼굴을 나에게 보인 그 사람의 용기가 미쁘다. 나는 적의 미소보다 벗의 찡그림을 사랑한다.

나와 친구들은 서로를 얼추 잘 알고 있어서 별로 궁금한 게 없으므로 금방 대화가 사라져 버리기도 한다. 그럴 때면 서로 다른 방향을 바라본다. 별다른 말 없이 술잔을 부딪치면서 취기가 올라 실없는 농담이라도 튀어나오기를, 그러다 어떤 말에 물꼬가 트여 천천히 얼음이 녹듯 따스해지는 순간을 기다리는 것이다. 실은 그것도 언젠가 했던 말을 되풀이하는 것이지만. 같은 주제와 질문에도 사람은 늘 다른 답변을 내놓는다. 인간은 날마다 변화하는 동물이니까. 나는 이 변덕스러움을 싫어하지 않는다.

술잔을 부딪치는 청명한 소리는 서로를 단단하게 만드는 투명한 망치질이다. 그간의 노고와 말 못 할 피곤을 잠시 잊히게 하는 그 울림은 우리만의 것이다. 같은 소리를 내는 사람이 조금씩 변화하는 모습이 나는 경이롭다. 나는 우리가 늙어서도 술잔을 부딪치는 순간에는 파릇한 청춘의 힘이 솟아나기를 빈다. 그리고 주름진 얼굴에 어울리는 안주와 이야기를 나눌 것이다.

　나는 혼자서는 술을 거의 마시지 않는다. 가끔 맥주
나 막걸리를 마시긴 하지만 소주는 쳐다보지도 않는다.
쓸쓸하고 맛없기도 하지만, 나에게 소주는 관계를 데우
는 뭉근한 화롯불 같은 것이므로. 소주는 그 용도로만
사용해도 충분하다. 친구들과 가끔, 오래 건강한 술자
리를 가지려고 나는 괴로움을 달래는 용도로 술을 마시
지 않는다. 기어이 함께할 어느 저녁을 고대하면 사는
고통이 잠잠해지고, 이내 건강을 생각하게 된다. 일일
의 고통을 얼마나 잘 다루어내느냐에 따라 생의 품질은
결정될 것이다. 내가 좋은 삶을 유지할 때 나의 친구들
도 문득 빛을 낸다.

　언제까지나 술은 나에게 함께하는 순간을 온전히 향
유하기 위해 애용하는 어울림의 도구일 것이다. 가장
편리하고 친근하면서도 절제함으로써 더 아름다워지
는 생의 '덤'으로 말이다. 그러므로 언제 만나서 술 한
잔하자는 친구들의 나직한 말을 나는 섭섭해하지 않는
다. 오래 만나지 못했던 만큼 잔 부딪치는 소리는 더 맑
게 울려 퍼질 것이기에.

#우는 사람을 보며

그때 사람에게는 늦가을 밤에 부는 적요한 바람 소리가 난다.

며칠 전 정이가 울었다. 횟집이었다. 미련하게 인생 이야기를 하다가 술병이 네 병쯤 비워질 때였다. 이런 이야기를 하려던 건 아니었는데, 말은 눈치도 없이 마구 튀어나왔다. 술이 들어가면 나는 종종 유쾌함과 멀어지고 더 진중하고 선명해지곤 한다. 그러면 어김없이 무겁고 거대한 이야기를 하게 된다. 끈적하고 축축한 말. 술만 들어가면 꼭 무용하고 위태로운 말들이 튀어나오는 게 나의 병이다. 평소에 내 이성은 이 지리멸렬한 혀를 무겁게 누르고 있지만, 알코올이 들어가면 이 컨트롤의 영역이 한없이 느슨해져서 내 참혹하고 빈약한 혀가 걷잡을 수 없이 꿈틀거리는 것이다. 가볍고 경쾌한 이야기를 해도 모자랄 판국에 나는 이미 멍청하게 늙어 있다. 이 문제는 조금 더 경계할 필요가 있고, 가능한 한 멀어져야만 하는 내 생에 비루한 습관이다. 귀신이라도 들린 듯 장단을 치는 혀가 말라가던 차에 문득 정신을 차렸다. 정이가 울고 있었다.

정이는 최근 많이 힘겨웠던 모양이었다. 줄곧 내색하지 않았지만 소주 몇 잔이 들어가자 마음은 연한 면목을 드러냈다. 저 아래서 누군가 주먹을 추켜올리는 듯 울컥울컥하는 얼굴이 안쓰러웠다. 그때 사람에게는 늦가을 밤에 부는 적요한 바람 소리가 난다. 나는 휴지를 몇 장 뽑아 건넸다.

정이가 우는 모습을 하루 이틀 본 것은 아니었다. 정이는 내가 아는 사람 중에서 손에 꼽을 정도로 잘 운다. 이상하게도 나는 사람이 우는 모습이 별로 슬프지 않다. 오래전부터 그러했다. 잘 우는 정이가 익숙해져서가 아니다. 엄마가 우는 모습에도, 할머니가 우는 모습에도, 할아버지, 친구, 형, 누나, 길 가는 누군가, 심지어는 동물의 눈물에도. 나는 크게 슬프지 않았다. 외려 궁금했을 뿐이었다. 그 눈물의 이야기들이. 내 황폐한 눈은 그리 건조하기만 하다. 어쩌면 나는 사람의 눈물에도 정당성을 부여하는 아주 하찮고 답답한 인간인지도 모른다. 나는 이 의문이 참을 수 없이 부끄럽다.

나는 사람의 눈물을 분석한다. 저 사람의 눈물 꼭지가 뒤틀린 순간이 어디일까. 그때의 감정을 상상하고 또 해석하여 정돈한다. 그 어딘가에서 처참히 무너진 마음의 균열을 발견하고, 그에 걸맞은 회복의 방식을 찾으려 한다. 나는 그것이 내게 눈물을 보인 사람에 대한 최소한의 예의이자 답례라고 생각했다. 감정적인 상태에서 멀어지게 하고, 스스로 이성을 찾도록 독려해 자신의 눈물을 이해하고 깨끗한 거름으로 삼기를 유도하려 했다. 하루는 사람이 우는 건 대부분이 '욕망' 때문이 아닐까 하는 약아빠지고 끔찍한 결론을 내기도 했고, 눈물을 흘리는 것이 차라리 괴로움을 세정하는 과정이라고 여겨 그들을 질투하기도 했다.

오만이었다. 나의 말들은 필경 부질없는 것이었다. 그게 맞는 말이든 아니든 간에 영양가가 없었다. 삶은 그렇게 일목요연하게 살 수도 없거니와 맞는 말만 하며 살아갈 수도 없는 것 아니던가. 그게 외려 삶이라는 불완전한 단어와 더 자연스럽지 않나. 언제 삶이 그렇게 이론으로 살아지던가. 불완전해서 인간이고, 그러므로 삶이 그럭저럭 흘러간 것 아니었나. 아아, 나는 타인의 눈물을 가지고 참으로 하잘것없는 짓을 벌인 것이다. "너가 지금 우는 건 지금 '무엇' 때문이야. 그걸 이해하면 돼. 아무리 울어봤자 달라지는 게 없잖아. 앞으로가 중요하지" 나는 줄곧 그렇게 말해 왔다. 미안하고 수치스러웠다.

그랬다. 어언간 나는 누군가의 눈물을 막아놓거나 삼켜버리는 인간이 되어있었다. 그런 내가 싫었다. 초연한 자각 유도. 그것도 때로는 폭력이 된다. 내 마음은 같은 자리에 함께 있지 못했고 늘 어딘가에 미리 가 있었다. 타인의 슬픔 앞에서 때론 한 점의 지루함까지 느끼는 내가 괴로웠다. 그러한 태도가 잘못되었음을, 나를 하나의 세계에서 완벽히 동떨어지게 함을, 나는 요즘에야 느낀다.

그렇게 생각하자 처음으로 사람의 눈물이 오래도록 맴돌았다. 정이의 얼굴이었다. 길을 걷다가도, 쓰다가도, 먹다가도, 누운 침대에서도 정이의 얼굴이 새삼 떠올려졌다. 기억은 발 빠르게 그날의 장면으로 이어졌다. 내가 무심코 건넨 하얀 휴지는 어쩌면, 이제 그만 울고 뚝 그치라는 내 무언의 압박이었을지 모른다. 혹은 눈물을 그만 회피하고 싶다는 나의 항복 선언이었을지도 모른다. 정작 그런 나는 얼마나 울지 못하고 사는 인간이었나. 내가 남 앞에서 울어본 적이 언제였나. 기억도 안 난다. 이것은 누구에게도 속 시원히 말하지 않은 내 오랜 결핍이다. 그게 부러워서, 울지도 못하는 주제에 남의 눈물을 재단하고 자빠져 있는 나는 참으로 배린 인간이다.

눈물이란 결국 그러했다. 몇 번을 보아도 결코 익숙지 않은 것으로 낯설게 다가오는 것. 같은 사람이 흘리는 눈물이더라도 같지 않다는 것. 어쩌면 무언가를 썩지 않게 하는 역할을 담당한다는 것. 그 자체로 사람을 씻기거나 보존되게 하는 것. 그러니 뚝 그쳐야 할 게 아니라 한없이 흠뻑 쏟아내야 하는 것.

뒤늦은 회한을 더듬는데 문득 마음속에 정이의 눈물이 웅덩이처럼 고여있었다. 이 부끄러움을 어찌할까.

나는 왜 함께 울지 못했을까. 내가 같잖은 입을 놀릴 때 정이는 얼마나 더 초라해졌던가. 나는 사람을 초라하게 만드는 사람이고 싶지 않다. 나는 차근차근 함께 우는 사람이 되고 싶다. 그 일이 나를 비로소 한 시절의 희망을 도모할 수 있는 일원으로 만들 것이다. 가난한 말보다 넉넉한 위안이 되는 사람이 되기를, 부디 나에게 빈다. 무겁고 슬픈 이야기는 조금 더 건강해진 다음에 농담처럼 나누는 게 좋겠다.

#밝은 슬픔

어설프게 밝은 사람은 애처롭다.

어설프게 밝은 사람은 애처롭다. 이를테면 궂은일을 마친 사람의 둥근 미소. 비명 같은 이별을 거친 사람의 담담한 얼굴. 어디서도 말 못 할 사정을 겨우 수습한 눈빛. 이제 괜찮다고 작게 뇌는 보얀 목소리 같은 것들.

어설프게 착한 사람은 위태롭다. 일생을 너무 주기만 해서 녹슨 사람의 자립은 망망대해에 떠 있는 나룻배 같다. 그들은 천성이 강직한 게 탈이다. 그들은 누군가에게 도움을 요청하는 자신을 용납할 수 없어 하고, 언제나 타인의 도움 없이 홀로 치열하게 부딪히며 살아간다는 것에 자부심을 느낀다. 삶의 모토는 희생이나 단념이고, 그것으로 일말의 굳건함을 느끼면서 견고해지는 자신에게 만족감을 느낀다. 그들은 다만 한결같아서 인기척이 없고, 어떤 경우 상당히 충동적이다. 그들의 의지는 대부분 낙관적이며, 무의식은 자유를 꿈꾸고, 몸은 생각보다 튼튼하다. 그들은 어쩌다 심한 우울을 앓기도 하지만 활기 넘치는 그들의 우울을 보통 사람들은 알아채지 못한다.

종종 나는 그런 사람을 본다. 반드시 여러 처세를 부려야 하는 사람. 애써 밝아지려는 사람. 자신이 밝게 기능해야만 한다고 굳게 학습된 사람. 결코 우울하거나 힘든 내색을 하지 못하는 사람. 언제나 스스로 무언가를 해내 온 사람. 현실은 그런대로 궁핍과 멀다지만 속은 그지없이 그을리고 연약한 사람. 그 썩은 마음을 물질의 풍요나 광적인 연애로 메우기도 하는 사람. 즐겁고 가난한 회귀를 자처하는 사람. 누군가에게 자신을 건네면 곧 자기 존재가 훼손된다는 믿음이 있고, 혼자 앓는 것에 어언 익숙해져 무뎌진 사람. 언젠가 조금 무너진 순간에 어떤 위로나 응원도 받지 못하고 도리어 질타를 받아버린 사람. 그래서 이제 다시는 무너지지 않으리라 선언을 해 버린 사람. 삶에서 나에게 절대 일어날 수 없는 일들의 목록이 있는 사람. 그 목록으로 인하여 늘 무겁고, 존재하지 않는 매일을 사는 사람. 눈물이 없어 자멸하는 사람.

그 내면으로 파고 들어가면 무엇이 있나. 기댈 곳 없이 자란 아이. 사춘기 소년. 어른 고아. 철부지 예술가. 웅크린 시인. 새벽까지 일하는 자영업자. 수녀. 늙은 군인. 홀로 출항하는 어부. 떠돌이 음악가. 가시나무. 목련 꽃나무 한 그루와 빈 버스 정류장. 더듬이 잘린 꿀벌과 비 오는 날의 적갈색 해변. 그 위로 능청스레 쏟아지는 볕. 우리는 처음부터 이미 고아이거나, 살수록 고아다. 치열한, 너무나 치열한 고아다.

무한한 설움을 드넓은 공란으로 남겨둔 채 조용히 웃는 이들아. 그 공란 안에 다른 것 말고 부디 자신의 이름만을 적어라. 그리고 절대, 아무것도 수정하지 말라. 생에 미리 학습된 책임이 참으로 많을 것이지만. 너는 그것을 위해 존재하는 게 아니다.

#등

내가 만지는 것은 등이라는 가죽인가,
따습고 딱딱한 한 인간의 생애인가.

등은 내면의 얼굴이다. 누군가의 등을 길이 응시할
때마다 나는 어떤 표정을 느낀다. 얼굴에서는 볼 수 없
는 표정. 초라하고 초연한, 그러나 다채롭고 무구한 표
정. 가장 솔직하고 순전한 표정은 늘 뒤에서 짓게 되기
마련이다. 나는 사람의 등을 생에 몇 없는 명장면처럼
담아가는 버릇이 생겼다.

등에는 슬픔도 고통도 있고, 희망이나 전율도 있다.
생의 정면으로 약동하는 젊음의 흥분이 있고, 고무장갑
을 끼고 설거지를 하는 어느 중년 여자의 묵묵함이 있
다. 바다를 보는 사람의 등에는 감격과 설움이 있고, 산
을 걷는 사람의 등에는 인내와 열기가 있다. 출근하는

사람의 등에는 바라보기 힘든 노인이 웃고 있고, 귀가
를 서두르는 사람의 등에는 어린아이가 울고 있다. 어
쩌면 모든 '등'은 가엾고 외로울 수밖에 없을지도 모른
다. 보이지 않는 곳에서 사람은 하염없이 솔직해지고,
솔직해질수록 속절없이 외로워지는 법이다.

　나는 문득 어떤 등을 가지고 있을까 생각한다. 둥글
게 굽은 내 등에는 어떤 표정이 있는가. 내가 내 등을 상
상하자니 자꾸만 연민 쪽으로 기분이 기울어 그만두었
다. 내가 나를 객관적으로 본다는 일은 몇 년을 연습해
도 난해하기만 하다. 나를 잘 보는 것은 아무튼 타인이
다. 나의 등은 언제까지나 나의 오랜 숙제가 될 것이다.

　밤에 걷는 사람들의 등에는 주름이 자글자글 가 있는
것 같다. 가로등 빛에 등 주름은 더 도드라져 보인다.
분명 앞은 무표정인데도 등은 그렇지 않다. 나는 주름
에 대해 생각한다. 주름이 말하려는 것은 무얼까. 그 어
떤 고통에 익숙해지는 태세를 갖추는 것이겠지. 기어코
찢어지지 않으려는 엷은 막 같은 것이겠지. 그 유약하
고 독기 찬 태세는 필경 무얼 위한 것일까. 나는 알 수
없다. 다만 분명한 건 언제부턴가 내가 사람들의 등을

보고 어떤 감정을 느낀다는 사실이고, 이 감정이 무얼 의미하는지는 알 수 없지만, 이 감정으로 하여금 말미암아 내 삶이 지탱될 거라는 막연한 믿음이었다.

배의 반대쪽 부분. 사람을 상대하고 포옹하는 쪽의 반대편. 어떤 일을 해내기 위해 늘 짓눌려 있거나 온기 없이 둥둥 떠다니는, 이내 조금 딱딱하게 굳고 반드시 휘어지는 곳. 적잖이 쓸쓸하고, 춥고, 굽고, 단단해지고, 우그러지기도 하는, 그곳은 필히 누군가의 손길을 요한다. 인간은 자신의 팔로 자신의 등을 쓰다듬을 수 없다. 그것이 등과 인간의 운명적 비애다. 아빠의 등을 쓸어내리면서 문득 그런 생각을 했다. 그는 음식으로는 두툼해지지 못할 얇게 꺼진 등을 가지고 있었다. 너무 늦게 알았다.

넓은 등. 좁은 등. 튀어나온 등. 꺼진 등. 굽은 등. 마른 등. 뻣뻣한 등. 떨리는 등. 곧은 등. 딱딱한 등. 고독한 등. 슬픈 등. 온기를 잃은 등. 안간힘을 쓰고 있는 등. 나는 세상 모든 등과 그 등에 어려있는 저마다의 표정을 보고 싶다. 누군가의 등을 보는 감수성이 사그라지지 않도록 더 많은 등을 담고 싶다. 내 손이 더 많은 등에 가 닿도록 하고 싶다. 더 많은 등을 보고 슬퍼하고 반가워하고 싶다.

  사람의 등은 가장 가깝고 또 아련하다. 언제든 만질 수 있고, 언젠가 만질 수 없다. 닿을 듯 닿지 못하는 것. 닿아도 닿아도, 닿았는지 알 수 없는 것. 가장 가깝고, 또 먼 것이다. 내가 만지는 것은 등이라는 가죽인가, 따습고 딱딱한 한 인간의 생애인가. 나는 후자라고 믿는다. 내 손이 누군가의 등을 쓸고 두드릴 때. 나는 내 손에게 고맙고, 그 사람의 등에게 고맙다. 내 손이 상대의 등에 닿아 무엇이 되든 나는 계속 등을 쓸고 두드릴 것이다. 등이 있어 다행이다. 등에 마음을 전할 때 나는 가장 내가 되고, 내 손은 가장 손답다.

  말하고 싶다. 누군가의 등을 보고 그 자리에 멈칫했다면. 어쩌면 생소한 아름다움으로 보았다면. 그 새삼스러운 덧없음을 보았다면. 다시 오지 못할 저녁이 서둘러 끝나기 전 무럭무럭 사랑하기에 모자람이 없을 거라고.

#어딘가에서 무사하기를

과거의 길목에는 과거의 내가 있고,
한때 함께했던 누군가의 발자국이 어른어른 찍혀 있다.

　학창 시절. 종일 놀고 어스름 녘, 느지막이 돌아가는 사람과 함께 걷곤 했다. 방향이 같아서 걷고 같지 않아도 걷는다. 여전히 서먹함과 상냥함의 경계를 오가는 사이지만 퍽 괜찮다. 가만한 무음 속에 여운이 있다.

　학창 시절 나는 그날 함께 놀았던 사람을 집에 바래다주는 일을 좋아했다. 거리가 얼마나 되든 상관없었다. 그때마다 나누게 되는 농도 짙은 대화나 불편한 듯 조심스러운 침묵을 애정했다. 걸음은 가볍고 경쾌했다. 동행에 대해 생각하면 마음이 섞이는 순간은 과연 그때가 아닐까 싶다. 가장 순결하고 천천히, 무엇보다 소란하지 않게, 천천히 해방되는 기분이다. '너'와 '나'

는 본래 자신을 결박하고 있는 사슬로 안전거리를 만들어 놓았는데, 서로를 바래다줌으로써 그 울타리가 슬며시 열려버리고, 각자의 안뜰로 낯선 상대를 기꺼이 들이는 것이었으니. 살고 있는 집의 외각을 보인다는 것은 자신의 민낯을 조금 공개하는 일과 다르지 않았고, 그때 '너'와 '나'는 어떤 이유에선가 내면의 가파름을 평탄하게 허물었다. 서로 간의 거리는 멀지도 가깝지도 않은 산뜻한 산책로가 되어 있었다. 매일은 멀고 오늘은 가까운.

집에 다다랐을 때 나는 내 마음의 문이 끼익 열리는 소리를 듣는다. "조심히 가"라고 말하며 보금자리로 돌아가는 사람의 홀가분한 뒷모습은 아름답다. '조심히 가'라는 말에는 여러 의미가 내포되어 있다. 아마, 서로의 존재를 받아들였다는 확실한 근거. 내가 돌아가는 길을 걱정한다는 것. 네가 잘 못 된다면 나는 슬프겠다는 것. 다치지 말라는 것. 조금씩 너의 안전을 신경쓰는 사이가 되었다는 말이다. 나는 돌아가는 길에 조심히 가라는 말이 좋아 가슴속에 계속 담아두었다. 오래오래 질감을 기억할 것 같은 가벼운 훈풍이 불었다.

이윽고 나는 가슴속에서 발화하는 낯설고 얌전한 온기를 느낀다. 한없는 에너지가 내면으로부터 뿜어져 나오니, 돌아갈 길은 아무리 멀어도 즐겁기 그지없었다. 아아, 아무런 잡념이 없던 시절에는 그토록 사소한 것들이 찬란하게 벅차올랐구나. 지금의 나는 '아무나'와 동행하지 않는 인간이 되어 있다. 이유는 있기도 하고 없기도 하다.

그 시절 바래다준 사람들도 이제는 과거의 형상으로만 남아 있다. 자연스러운 멀어짐도 있었고, 갈등으로 분절된 사람도 있었다. 아쉬워하지 않는다. 인연이라는 변덕 가득한 세계에 특별한 기대를 걸지 않은 지 오래되었다. 이제는 그저 가끔 회상할 뿐이다. 망연히 동네를 거닐다 보면 종종 그 시절 함께했던 사람들의 집을 스친다. 여전히 저 집에 살고 있을까. 아파트 입구를 보면 작고 둥그스름한 누군가의 뒷모습이 오래된 필름처럼 좌르르 지나갔다. 과거의 길목에는 과거의 내가 있고, 한때 함께했던 누군가의 발자국이 어른어른 찍혀 있다. 일순 애틋하면서도 쓰라리지 않은 기분이 든다.

아직도 나는 사람을 바래다주는 일을 좋아한다. 그

러나 마음의 사슬이 스르륵 풀어지는 순수한 교감을 기대하지는 않는다. 어쩌다 방향이 맞거나 집과 가까우면 바래다주고, 그러지 않으면 그냥 헤어진다. 그렇게 집으로 가는 길에서, 나는 순수하게 섞여 복잡하게 멀어진 사람들을 생각한다. 다시 만날 일은 아마 없겠지만, 어딘가에서 무사하기를 바랐다.

#버릇

지금의 나는 멀어지는 사람을 보며,
희미해서 아름답다고 생각한다.

    멍하니 무언가를 바라보는 버릇이 있다. 뚫어지게 한 곳을, 아무 생각도 없이, 길이 응시하는 것이다. 무언가를 빤히 보고 있지만 그러나 보고 있음을 곧장 의식하지는 못한다. 의식하려면 시간이 좀 지나야 한다. 의식이 남들보다 늦는 건지, 아니면 내 마음이 자꾸만 미련을 부리는 건지는 알 수 없다. 아무튼 나는 호기심 가득한 눈, 허무의 눈, 경멸의 눈, 연민의 눈, 섬세한 눈, 관찰자의 눈, 그 외 여러 가지의 눈으로 무언가를 본다. 어떤 눈으로든 그만 보고 싶을 때까지 본다. 아니, 더 보다가는 지칠 때까지 본다. 본다기보다는 무언가 앞에서 멈춘다는 게 더 맞다. 나는 여러모로 피곤한 사람이다. 동공에 엷은 장막이 가려져 오는 순간이 될 때까지, 혹은 더 깨끗하고 선명해질 때까지. 경기를 일으키거나, 남루해지거나, 혹 수수한 평안이 느껴질 때까지. 나는 이따금 가만히 멎는다.

'본다'라는 행위처럼 복합적이고 생각과 감각의 차원을 넘나드는 행위도 없다. 처음에는 분명 감각만 존재했지만 계속 보다 보면 감각이 생각이라는 차원으로 넘어간다. 생각이라는 것을 정녕 할 필요가 없음을 나는 알고 있다. 그러나 불현듯 하게 되는 것이다. 또 그 생각들은 참으로 자기중심적이고 견고해서 내가 보는 대상은 그만 본질을 잃고 만다. 혹은 그 반대도 된다. 외려 본질을 더 깊숙이 보게도 된다. 그 대상의 이면과 실체가, 무엇보다 그 밑에 기생하고 있는 부조리가 적나라하게 보이는 것이다. 어떤 미약한 울림이 쓸쓸하게 내부로 달음질치기도 하고, 따뜻하고 웅장한 기운이 황사처럼 날아오르기도 한다. 어쩌다 이런 버릇을 얻게 되었는지 모르겠으나, 이 버릇이 이제는 나의 본질과 관련이 있음을 나는 확신하고 있다. 나는 세상에 있는 모든 것들을 그냥 지나치기가 싫다. 살수록 도처에 뜬금없이 오래 바라보게 되는 대상이 많아져서 나는 이래저래 피곤하다. 그러나 이것은 맑고 개운한 피곤함이다.

결코 좋은 버릇은 아닌 듯싶다. 쉽사리 고쳐지지 않아 곤혹스럽고 무엇보다 대상이 무분별하기 때문이다. 사물이나 풍경은 표정이 없어서 괜찮다. 그것들은 오래 바라볼수록 가벼워진다(가끔은 아니다). 문제는 사람은 그러지 못한다는 것이다. 사람에게는 동공과 표정이란 게 있어서 너무 오랜 응시는 곤란하다. 자신을 지나치게 오래 바라보는 사람을 편안해하는 사람은 없다. 그런데도 나는 꼭 사람을 무엇보다 오래 바라보는 치명적인 버릇이 있다. 그 사람의 얼굴색이 얼마나 자연스러운가. 푹 꺼져있는가. 오목하게 도드라졌는가. 동공이 얼마나 흔들리지 않는가. 눈은 얼마나 자주 깜빡이는가. 눈빛에서 가장 먼저 무엇이 느껴지는가…….

돌아보면 이 버릇은 동심과 멀어지며 만들어졌다. 무언가를 오래 응시한다는 일은, 역설적으로 그 대상과 멀어지려고 안간힘을 쓰는 일이었다. 멀어지기 위해서는 오래 봐 두어야 했다. 소년인 나는 사람과 작별을 할 때, 거푸 손을 흔들고 포옹도 하면서 다음 만남을 기약하거나, 오늘의 미련을 추스르지 못해 자주 우수수 흔

들거리곤 했다. 떠날 때 손을 흔드는 건, 미련의 흔적을
잘 닦겠다는 것이었고. 떠나기 전에 포옹을 하는 건, 찰
나의 온기를 나눔으로 홀로의 한기를 잘 데우기 위함이
었는데. 그마저도 눈으로 해야 함을 받아들인 어느 날
의 내가. 나날이 말과 손을 아끼고 자꾸만 침묵으로, 축
축한 흙처럼 굳어 뒷걸음질 치던 나약한 내가, 멍하니
무언가를 바라보는 나를 탄생시킨 것이다.

소년인 나는 그러므로 성숙했고, 그리하여 여러 눈을
얻었다. 지금의 나는 멀어지는 사람을 보며, 희미해서
아름답다고 생각한다. 또 세상에 벌어지는 수많은 움직
임을 보며, 격렬해서 허망하다고 생각한다.

#함께 버틴다는 것

결국 우리는 우리가 이만큼이나 왔다고
서로를 다독이는 일을 게을리하지 않았다.

이따금 군대 시절을 회상한다. 나에게 군 생활은 버
티는 삶의 끝판이었다. 체념과 고독감이 날마다 새로운
물결처럼 다가왔고 나는 그것들을 모조리 끌어안을 수
없었다. 그러나 버텨내야 했다. 내 옆에도 비슷한 처지
인 사람이 두 눈을 시퍼렇게 뜨고 어기적어기적 움직이
고 있으니. 흑석 같은 군화를 처다보며 무거운 침울을
느끼다가도 불쑥, 다른 발이 나타나 나란히 걷고 있으
니. 그리하여 나는 기어이 움직일 수 있었다.

버티는 삶에 대한 내 견해는 별것 없다. 칼날 같은
길 위를 걸어도 마음으로 교감하는 단 한 사람만 있다
면 인간은 버틸 수 있다. 무심한 연대의 위대함으로 인

간은 죽을힘을 다해 죽지 않는다. 문득 친구가 보고 싶은 깊은 밤이다.

군대에는 참으로 여러 사람이 있었다. 인간의 본성은 다채롭다. 손끝만 갖다 대도 터질 것 같은 위태로운 사람. 곧 찢어질 정도로 팽팽히 긴장된 사람. 흙탕물을 뒤집어써도 빙그레 웃는 수더분한 사람. 묵은 온 마음을 온종일 쏟아내고 싶은 포근한 사람이 있었다. 융통성이라고는 전혀 없는 기계 같은 사람. 자신의 존재감을 뽐내기 위해 누군가를 뜯어먹는 가련한 사람도 있었다. 나는 어떤 사람으로 비추었을지 모르겠다. 아마 부드럽지는 못했을 것이다. 후임에게 내 첫인상을 물어보면 거의 다 '무서웠다'고 대답했다. 마음이 고통스러우면 인상이 무서워진다는 것을 나는 그때 알았다.

내 군 생활은 전혀 유쾌하지 못했다. 정서는 억압되어 있었고 그 탓에 여유를 상실했다. 단체생활은 혼돈의 지옥이었다. 내가 생활했던 부대는 일 년 동기제인 괴이한 곳이었다. 말하자면 상병과 이등병이 친구를 먹을 수 있는 시스템이다. 나는 치를 떨었다. 일평생 그런 어처구니없는 관계는 처음이었다. 어설픈 화목은 위치가 극명한 관계보다 더 갈등을 고조시킨다. 상상해 보길. 차라리 '말을 높이고 싶다'고 간절히 소망하는 형국을. 입술이 신음하는 나날이었다. 나는 천천히 말라가고 있었다. 매일 밤 나는 마음 둘 사람이 나타나기를 꼬박 기다렸다.

그러던 중, 무진이 전입을 왔다. 소대 안에서 유일하게 나와 비슷한 위치에 있었던 무진은 마른 연병장에 단비 같았다. 우연히 성이 같은 '신' 씨인 것도 호감도에 영향을 주었다. 무진은 전국을 빙글빙글 돌다가 만난 사람이었는데, 이상하게도 초면의 낯섦이 길지 않았다. 무진은 대화가 통하는 사람이었다. 마음을 꺼내 보이는 사람이었다. 무진은 평소에는 명랑했고 일을 할 때는 열정적이었으며 대화를 할 때는 진중하고 솔직했다. 무진의 솔직함에는 늘 이성적인 논리가 있었고, 그 논리를 감정과 적절히 섞어 말할 줄 아는 인간적인 면도 고루 가지고 있었다. 무진은 반드시 받은 만큼 되갚아주는 성질이 있었는데, 언제나 그것을 영리하게 해내곤 했다. 그럴 때 무진은 매우 치밀하고 똑똑해 보였고, 한편으로는 언제나 홀로 생존해 온 사람에게서 보이는 결핍감이 두드러지기도 했다. 나는 그때마다 무진의 옆에 조용히 있곤 했다.

나는 무진과 꼭 별말을 하지 않아도 약속처럼 함께 다녔다. 같은 소대와 생활관이기도 했지만, 그 차원을 넘어선 어떤 튼튼한 끈이 연결되어 있었다. 낮이 긴 계절에는 물 젖은 흙길을 걸어 다녔고, 밤이 긴 계절에는 별을 세고 가루눈을 쓸었다. 처음에 우리는 그곳에서 시간이 굳은 채 생이 멈춘 듯한 절망의 기분을 떨쳐버릴 수 없었다. 하루는 길고 고됐다. 별안간 이례 없는 전염병에 억압된 기분은 더 심화되었다. 그러면 우리는 머지않아 다가올 미래에 변화할 서로의 모습을 상상하며 키득거렸다. 3월 중순에는 "아아, 5월만 돼도 살 만하겠다" 하며 간절히 소원했고, 정작 5월이 된 후에는 생각보다 별것 없는 우리 모습에 "사실 9월 정도는 돼야 진짜 살만하지"라고 말하며 서로의 귀여운 소망을 다독거렸다. 그렇게 시간은 느릿느릿 갔다. 계급은 천천히 올랐고, 우리는 더 허름해졌다. 그러나 전처럼 절망적이지는 않았다.

하루가 잔인하게 힘겨울 때가 있었다. 그때는 실연이라도 당한 사람처럼 흡연장에서 담배를 연속으로 피

운다. 자유를 통제당했다는 일이 사무치게 서러울 때
는, 저만치에 보이는 지하철역과 불 켜진 아파트를 보
고 마른침을 삼켰다. 이따금 서로의 마음을 토해내는
저녁에는, 조금 더 힘겨워하는 사람에게 자신의 고달픔
을 조금만 숨기고 온기를 내어주자는 무언의 약속을 이
행했다. 결국 우리는 우리가 이만큼이나 왔다고 서로를
다독이는 일을 게을리하지 않았다. 그때 나는 '함께 버
팀'이라는 모호한 문장 뒤에 가려진 하얀 여백을 보았
다. 그곳에는 같이 피엑스나 갔다가 담배나 피우러 가
자며 막사 입구에 우두커니 서 있는 무진의 모습이 있
었다. 나를 기다리는 존재가 있음은 얼마나 큰 힘이 되
는가. 그 경쾌한 발걸음을 나는 지금도 잊지 못한다.

무진은 나에게 일생에서 가장 혹독하게 버티는 삶에
관해 배워야 할 때 만난 사람이었다. 삶이 꼭 저승 같더
라도 "이제 가자"하고 말하며, 희망은 아득히 멀고 당장
의 고통은 자명해도, 한 점의 낙천을 잃지 않는 마음이
곧 삶을 앞으로 나아가게 한다는 것을 일깨운 사람으로
짙게 남아 있다.

겨우내 감기 한 번 걸리지 않은 채 우리는 봄을 맞았

다. 신축년이었다. 나는 그해 늦봄 전역했다. 무진은 그
다음 달 전역했다.

　더없이 찬연한 빛이 내리쬐는 계절에 우리는 각자의
보금자리로 간다. 무진은 청주로. 나는 동두천으로. 날
잡고 한번 보자고 했던 게 언제던가. 전역한 지 몇 해가
지나가는 이 지경에 이르러 나는 이제야 친구에게 글을
쓴다. 목소리 닿지 못하는 곳에서, 서로의 삶을 응원하
는 일만이 이제 우리를 잇는 유일한 끈이 되었지만. 나
와 무진의 교감은 거리와 아무 상관이 없다.

　한 시절의 억센 고통을 생각하면 당장의 고단함이
조금씩 옅어지는 듯한 묘한 기운을 느끼며. 나는 어디
선가 치열하게 삶을 저어 가는 무진의 모습을 상상하
고 미소 짓는다. 그리고 그다음 일을 한다. 미소는 한
동안 둥글고 화창하게 머물다 간다. 내 군 생활은 이
미소가 떠오르려고 그토록 괴로웠던 모양이다. 이것으
로 되었다.

　부디 유영하는 삶이기를.
　무진에게.

#유연한 굳은살

모든 마음이 더디게 제자리를 찾아갈 때,
우리가 아름다운 혼자임과 동시에 다채로운 서로이기를.

영현은 외롭다고 말했다. "뭐가 외로운데?" 나는 말했다. 친구는 조금 망설이는가 싶더니 밑도 끝도 없이 그냥 삶이 외롭다고 간추렸다. 다른 말은 보태지 않았다. 그저 연달아 외롭다는 말을 반복할 뿐이었다. 목이 탔다. 나는 "그러니까 말을 해 봐"하며 오래도록 귀를 열었지만 친구는 끝내 외로움의 기원을 말하지 못했다. 나는 친구가 안쓰럽다가도 답답했고, 의아하면서도 서운했다. "얘는 나에게 속마음을 말하지 않는 건가?" 하면서, 괜스레 소란이었다. 물론 속마음을 다 말해야 하는 관계 같은 건 없다. 그런데도 면전에서 외롭다는 말을 들었을 때, 나는 궁금해하지 않을 수 없었고, 그 궁금함을 그대로 내버려 두고 그저 옆에 있어 주기엔 나는 마음의 그릇이 다소 작았다. 그런데 얼마 안 가 나는 친구의 머릿속이 온통 혼돈 그 자체였음을 알았다. 그리고 이따금 입으로 소리 낼 수 있는 유일한 단어가 '외롭다'밖에 없는, 자기 자신과 완벽히 동떨어지는 위태로운 상태가 있음을 자각했다. 그리고는 미안해졌다.

나는 친구를 천천히 살펴봤다. 지쳐 보였다. 바닥이었다. 몸은 젖은 빨래처럼 후줄근했고 피부는 푸석푸석 말랐다. 표정은 없었다. 모공이 제 할 일을 못 한 채 불그스름하게 일어났다. 따뜻해야 할 심장의 온기는 식은 피처럼 꺼림칙하고 선득하게 느껴졌다. 모든 것이 얼어 있는데 녹여야 할 구석은 여전히 많아 보였다. 여유나 자존은 애초에 상실이었다. 그리하여 친구는 그저 감정에 사무친 뻐꾸기가 된 것이었다.

나는 어쭙잖은 위로나 조언을 삼갔다. 어떤 위로는 폭력이 된다. 물론 원체 위로를 못 하기도 한다. 나는 그저 소리 내어 연거푸 웃었다. 별로 웃기지 않은데도 마냥 웃으면, 혹은 웃음소리를 들으면 뇌가 착각을 해서 진실로 웃기도 하는데, 나는 친구에게 그것을 유도했다. 내 실없는 웃음이 조금이라도 친구의 기분과 분위기를 가볍게 만들었으면 했다. 그 일은 물론 어려웠지만, 내 앞에 어두운 사람을 보니 나라도 힘을 내지 않을 수 없었다. 하지만 나 홀로의 웃음은 우리의 활력소가 되지 못했다. 입 바늘이 안으로 찔려와 혀를 관통해 버리는 기분이었다. 결국 둘이서 소주를 6병이나 마시고 잠깐만 기억을 구겨두는 지경에 놓였다. 거나하게 취해 비틀거리며 집으로 갔다. 이튿날 휴대폰은 조용했다.

나는 친구가 겪는 외로움에 관해 생각했다. 설명이나 논리와는 동떨어져 있는 세상, 이론이 쓰레기인 세계, 그곳에 어쩌다 발을 적셔 외톨이가 된 사람의 정서를. 그러한 외로움은 어쩌면 근처에 사람이 없어서 허전하다거나 단순히 혼자 있는 상태가 아니라, 스스로가 느끼는 감정과 생각을 온전히 들어주는 사람을 필요로 하는 감정이 아닐까 생각했다. 그러나 이것은 불가능했다. 스스로가 아직 정돈하지 못한 감정과 생각을 누군가에게 말할 수는 없는 법이었다. 마냥 누군가와 함께 시간을 보낸다고 외로움을 느끼지 않는 게 아니었고, 자기 외로움의 기원이나 과정을 풀어놓는다고 해서 마음의 응어리가 풀리는 것도 아니었다. 그렇다. 애초에 설명할 수 없었다. 친구가 겪는 감정은 외로움이 아니라 실은 '고독'이었을 터이고, 앓고 있는 것은 다만 외로움의 탈을 쓴 고독감에 불과했다. 고독은 정의할 수도, 설명할 수도 없다. 그 누구도 나 아닌 사람의 고독을 어쩌지 못한다.

불현듯 나는 '박준 시인'의 한 문장을 떠올렸다. '외로움은 타인과의 관계에서 기인하지만 고독은 나 자신과의 관계에서 생겨나는 것 같다'라는 문장(《운다고 달라지는 일은 아무것도 없겠지만》 중에서). 나는 겨우겨우 친구의 고독을 감응했고, 이내 절망했다. '나'와 '너'의 고독은 다른 차원에 분리되어 영영 섞이지 못한다. 인간은 끝내 자기만의 하늘과 별을 바라보며 살아야 하니까. 사라진 나는 '나'밖에는 찾을 수 없으니까. 그때 우리는 누구도 만날 수 없으니까. 상대의 고독에 아무런 개입도 할 수 없다는 무참한 사실. 그것이 나를 참으로 고독하게 했다.

결국 나는 친구의 고독이라는 감정을 머리카락 한

올 만큼도 헤아릴 수 없었다. 그 아득한 차원의 근처에도 손길을 뻗지 못했다. 고독은 무엇으로도 치유되지 않는다. 그저 끝까지 같이 있을 뿐. 나는 친구를 위로할 수도, 치유할 수도, 가볍게 만들 수도 없었다. 위로의 행위들은 마땅히 그날 분의 살결을 포근하게 하겠지만. 다시 혼자가 되었을 때 그 포근함은 일시적인 착각에 지나지 않음을 알게 할 것이었다. 그것은 그야말로 참혹한 미혹이 아닌가.

나는 나 자신과 잘 지내는 여러 방법을 함부로 지껄일 수 없었다. 이런저런 말들은 청산유수다. 글로 쓰거나 말하기에는 쉽지만 행동하기에는 어려운 그런 말들. 영양가 없는 실언. 남의 입 구멍에서 나오는 지혜나 치환의 말들은 그저 하나의 일리에 불과할 뿐이다. 자신에게 맞는 처방은 필경 그 자신이 찾을 수밖에 없다. 이미 나조차도 나와 잘 지내는 것이 무엇인지 모른다. 아마 평생 알지 못할 것이다. 내가 나를 마음에 들어 하는 순간은 여하튼 찰나이다. 날마다 새롭게 고독해야 하는 것만이 유일한 삶의 진실이고, 그 고독을 어떻게든 잘 다스리는 것만이 삶의 생기를 좌우할 뿐이다. 보이는 것은 숫제 나 자신이다. 나와 잘 지내지 못할 때 인간은 숨 쉬는 돌멩이와 다름없다. 그런데 이게 참 어려운 것이다. 고독을 다스리는 능력은 '남에게' 얻을 수 없으며, 그 능력과 경험치가 날마다 초기화되기 때문이다. 고독은 매번 새롭고 곤혹스럽다.

하지만 나는 무엇이라도 도움이 되고 싶었다. 친구의 숨 죽은 음성이 들릴 때마다 나는 친구를 위해 무엇을 해야 하는지를 생각했다. 답이 없었다. 나는 친구를 너무 아끼는 모양이었다. 인간이 다른 인간을 너무 아끼면 답이 없는 문제에도 오래 골몰하는구나 싶었다. 그 과몰입은 그저 침식을 유발할 뿐이었다. 내 욕심이었다.

술잔이나 부딪치는 것 말고는 달리 수가 없는 걸까. 알코올에 집어삼켜져서 평상시에 하지 못하는 말이나 주절거리면 그걸로 응어리는 풀어지는 걸까. 과연 삶은 그런 걸까. 내일 아침 일어나면 다시 또, 아니 그것보다는 훨씬 더, 고통에 가깝기만 할 텐데. 홀가분한 기분은 기만에 지나지 않을 텐데. 그랬다. 나는 인정해야 했다. 나 아닌 남의 고독감 앞에서. 나는 그 자신이 아닌 뚜렷한 '남'으로 존재함으로써, 궁극적으로는 별다른, 아니 태초에 아무런 도움을 줄 수 없다는 서늘한 사실을. 우리의 본질인 정서의 허기와 여유, 자기 사랑이나 자신을 만나는 여정은 끝내 남으로부터는 얻을 수 없다는 사실을. 그 여정이 아름답든, 비참하든 어쩔 수 없다는 것을. 나는 감정이란 망망대해 앞에서 오래 쓸쓸했다.

나는 사랑하는 타인의 고독감 앞에서 침묵한다.

나는 이 문장을 적고 오래 바라보았다. 하루아침에 쓸모없는 인간이 되어버린 듯했다. 나는 생각보다 너무나 많은 것을 어쩌지 못했다. 누군가 정신적으로 피폐해져 있는데, 이 냉담한 방황을 거쳐야 하는 사람이 더욱 아끼는 사람일수록 바라보기에 벅차고 지긋거렸다. 나는 어쩔 줄 몰라 하다가 어수룩하게 그냥 술이나 마시자고 했다.

지하철에 오르기 전, 나는 어두침침한 친구의 뒷모습을 길게 바라본다. 달력 숫자가 늘어남과 함께 우리는 조금씩 가라앉았다. 결국 우리는 자기 자신과 가장 오랜 시간을 보내야 했다. 그 일은 누구도 대신해 줄 수 없다. 나는 다만 친구가 위대한 영혼을 가졌기를 믿고 기

도할 뿐이었다. 하찮게도 그랬다. 나는 먼발치에서라
도 친구가 앞으로 나아갈 때 필요할 의지와 용기와 여
유로움에 작은 회복의 기운을 불어주는 것 말고는 달리
할 일이 없는 것을(이렇게 글을 쓴다거나 이따금 느닷
없이 전화를 하거나 술을 마시는 것). 비단 그것만이 같
은 감정의 동물로서, 삶의 일원으로서 내가 해야 할 마
지막 역할이라는 것을. 그 일이라도 성실히 해야 함을
알았다. 너무 오래 걸렸다.

우리는 어쩔 수 없는 홀로이므로 마침내 연결되어
있다. 언제 어디서 무엇이 되건 다시 만날 것이다. 나
는 우리 각각의 고독이 기필코 서로가 더 유연히 버티
기 위한 소리 없는 발버둥이기를 소망했다. 그 시작의
첫발을 떼었다가, 언젠가 주저앉아버린 날. 나는 소리
없이 곁에 머물고 싶다. 아픈 건 좋은데 너무 병들지는
말자고 말하면서.

우리의 황량한 현재가 곧 어느 날을 개벽할 선연한
탈출구가 될까. 그 좁은 입구라도 만드는 인간이려고,
잠깐의 온기라도 켜켜이 쌓이게 하려고. 나는 친구를
붉은 눈으로 응시한다. 이 행위가 얼마나 유용한가에

대해 나는 생각하지 않기로 했다. 나는 단박에 친구를 구원할 전능한 능력 같은 건 없지만, 더할수록 뭉근할 온기 정도는 얼마든지 내어줄 수 있다. 나는 더 욕심을 내지 않고 그저 그것이라도 부지런히 지속하기로 했다.

나는 사랑하는 타인의 고독감을 느낄 수 있다.

마지막으로 나는 이 문장을 적는다. 이 희미해서 애절한 문장을. 나는 이것만이 우리가 '우리'라는 세계 안에서 여전히 함께한다는 존재의 증명이라고 믿는다. 모든 마음이 더디게 제자리를 찾아갈 때, 우리가 아름다운 혼자임과 동시에 다채로운 서로이기를. 그래서 문득 찬란하기를 소원해 본다. 저녁이다. 전화를 해봐야겠다. 늦지 않았기를.

#마음의 주인

내가 느리게 흐르는 사람과 같이 살고 싶다.

1

우리의 끝은 서로의 결함을 얼마나 받아들이냐에 따라 결정된다. 수십 가지 장점보다 받아들일 수 없는 하나의 단점으로 관계는 작살이 난다.

2

인간은 아름다움을 가장 먼저 망각한다.

3

욕망은 어디에나 잠적해 있다. 따뜻한 말. 조신한 움직임. 웃는 표정. 그 외 우리가 알고 있는 모든, 이끌리는 것들 속에.

4

자라난 환경에서 형성된 정서. 생활 습관. 단단하게 구성된 가치관. 말의 품격. 만물을 감응하는 감수성. 인간을 대하는 심성. 취하는 행동. 정신의 깊이. 내면의 다양성. 그것들이 모인 본바탕. 그 모든 것들이 기꺼이 받아들여지는 사람을 나는 결이 비슷하다고 부른다.

5

행복의 기준이 상대적인 것처럼. 그냥 다 자기식대로 사는 것뿐이다. 남에게 피해만 주지 않고 각자가 자유롭게 삶에 젖어가는 세상을 나는 꿈처럼 바라곤 한다.

6

나는 자존감이라는 말을 싫어한다. 언제부턴가 자존감이라는 말이 한 인간의 가치와 무게를 측정하는 데 쓰이고 있는 것에 환멸이 난다. 자존감을 높낮이로 구분하고 판단하는 것도 싫다. 그런 말들로 인해 갑자기 '낮은 사람'이 되어 상심하는 사람들을 보면 안타깝다. 도대체 자신을 사랑하고 존중하는 일에 높낮이가 어디 있는가. 자기 사랑과 존중은 늘 왔다 갔다 하며 너울을 이룰 뿐. 어떤 시절에는 자신이 밉고 싫고, 어떤 시절에는 썩 좋고 괜찮고 그런 것이다. 자존감이라는 말에 집착하기 시작할 때부터 자존감은 이미 온데간데없어진다. 결국 나는 우리가 그저 그런 자신을 받아들이는 것밖에는 아무 도리가 없다고 생각한다. 그저 그런 자신을 받아들일 때 비로소 깨끗한 눈을 뜬다. 그리고 작은 성공을 하나씩 성취하면 되는 것이다.

7

한 사람의 귀중한 면들을 배척하고 '내 마음에 들지 않는다'라는 이유로, 그 한 부분에 집착해 누군가를 구속하기도 하였던 숱한 날들이 떠올라 자괴감에 휩쓸리는 저녁을 보내기도 했다.

8

결국 사소한 것들을 당연해하지 않는 태도가 내 삶을 살렸다. 한 사람의 존재 그 자체를 망각하고 무엇인가 조금만 더 바라는 마음이 부풀어 오를 때마다 나는 악취가 났다.

9

저녁이다. 배고프다. 같이 밥 먹고 싶은 사람. 그 사

람과 먹고 싶은 음식을 생각한다. 아랫집 밥 짓는 냄새
에 괜스레.

10

가장 잃어버리기 쉬운 무언가가 있다면 단연 사람이
었다. 후유증이 제일 긴 대상도 그러했다. 그런데 문득
사람에게 '잃음'이라는 단어는 부적절해 보인다. '보내
다'라는 단어가 어울린다. 언제든 보낸다는 마음으로
열렬히 함께하다 보면 최소한 '잃었다'라는 후회는 남
지 않지 않을 듯했다. 소유한 적이 없었고, 소유할 수
도 없었는데. 어째서 '잃었다'라는 표현을 썼던가. 부끄
러움이 밀려온다.

11

자기 삶을 위해 무던히 열중하는 태도로. 미래를 과
하게 두려워하지 않으며. 당장의 고통을 그런대로 둔
채. 더 넓은 해양으로 자신의 나룻배를 저어 가는 사람
들을. 나는 삶을 사랑하는 사람이라고 부른다. 더 많은
빛과 더 많은 바람과 더 많은 상처와 더 많은 흉터를.
나는 원한다.

12

나에게 결국 삶은 고통이고, 노력이고, 고독이고, 견
딤의 연속이다. 물론 가끔 가볍고, 즐겁고, 여유롭고,
자유롭고, 행복하지만. 아무튼 다시 원점으로 돌아오는
것. 나의 태초의 상태는 고통의 상태에 더 가깝다. 그러
므로 나는 오래오래 행복할 사이보다 함께라면 불행해
도 많이 아프지 않을 것 같은 사이를 더 아낀다. 서로를
연민하고, 고통을 말하고, 그러다 문득 나도 모르는 사
이에 회복되는 그런 사람을. 서로가 서로의 무대가 아
니라 비빌 언덕이 되어주는.

13

내가 느리게 흐르는 사람과 같이 살고 싶다.

#우아한 혼자

우아한 혼자가 되어 유연한 우리가 되는 것.

1

우아한 인간은 시련과 사색, 기다림과 극복의 역사가
만든다. 마침내. 자본이 아니라.

2

'인간이 고통스러운 것은 그 세계와 인간 사이에 어
떤 관계를 만들지 않고는 살아갈 수가 없기 때문이다'
경애하는 김훈 선생님의 문장을 읽는다. 그리고 생각
한다. 그 필연의 관계가 무한한 짐이 될지 가벼운 날
개가 될지는 내가 일부 결정지을 수 있다고. 물론 형

성 '그 자체'에서 벗어날 수는 없겠지만. 그러므로 근원적인, 하릴없는 고통이겠지만. 내 삶의 아주 작은 일부만이라도.

3

나는 나를 위해 사람을 관찰하고 공부한다. 그래서 적당히 혼자가 된다. 혼자가 아닌 상태에서는 사람을 객관적으로 볼 수가 없다.

4

나는 지금 나와 맺어져 있는 모든 사람이 당장 한순간에 사라져도 슬퍼하되 절망하지 않겠다는 마음으로 산다. 사람은 오래 함께할 수 있지만 결국에는 모두 사라질 수 있다는, 사라져도 이상할 일이 아니라는 이치를 명패처럼 아로새긴다.

5

자기 자신과 평생을 사는 건 오직 자기 자신뿐이다.

6

나는 사람 손절을 딱히 난처해하지 않는다. 아니다

싶으면 보지 않는다. 애초에 관계라는 것을 내 삶에 큰 비중으로 두지 않는다. 있으면 좋고, 없으면 외로운 게 아닌. 없어도 충분히 편안한데 있으면 더 풍요롭고, 라는 마음으로 살아간다. 이러한 경향은 무엇보다 내 삶을 귀중하게 여길 때 가능했다. 내 삶에 진심일 때 인간관계는 여유나 회복이 되었고, 그 반대일 때는 족쇄나 짐이 되었다.

7

처음부터 사람을 칼 자르듯 쉽게 손절한 것은 아니다. 한때는 누군가를 손절해야겠다고 결심함과 동시에 과거로 되돌아갔다. 그래도 그 사람과 어떤 때 행복했고, 받았던 것들에 대한 고마움과 미안함이 한꺼번에 밀려와 손절이 망설여졌다. 그것으로 손절을 잠시 유보하기도 했다. 그 기간 동안 나는 다시금 관계의 화목을 위해 애써 노력했다. 소통을 거듭하고 진심을 호소해보기도 했다. 그것은 '손절을 해야겠다'라고 켜켜이 쌓은 나의 결심을 의심하는 일이기도 했다. 그리고 내가 나를 의심할 때 시간은 거꾸로 간다. 나는 내가 할 수 있는 최선을 기울였지만 관계는 더욱 광택을 잃고 말았다. 함께 미래로 가야 하는 내가 퇴행하는 것을 보고, 결국 더 기다리고 괴로워지는 순간만 늘어가는 것을 보고, '그때 왜 진작 결단하지 못했을까'하고 뒤늦게 후회했다. 후회라는 것은 나를 성장시키는 아픈 과정이기도 했지만, 같은 후회를 되풀이하는 윤회는 나를 파멸로 이끌었다. 나는 나의 결심을 의심하지 않음으로 나를 지켰다.

8

세상에는 인간의 능력으로는 도무지 어찌할 수가 없는 일도 있다. 가령 죽음.

9

관계 중에 종종 억눌림, 억압, 억울함 등의 감정이 범람하기도 하는데. 이때는 언제나 '보상심리'라는 싹이 조용히 움트고 있었다.

10

'미움'이라는 감정은 '무관심'이라는 상태보다는 조금 더 애호의 마음이 있음을 의미한다. 돌아보면 인간관계는 '고조된 증오'로 끝나지 않았다. 항시 그랬다. 그 사람이 당장 어디론가 사라져 평생을 나타나지 않는다고 해도 별다른 아쉬움이 없을 때. 어김없이 그때였다. 한 점 슬프지도 않은, 슬픔조차 아까운 그때.

11

어떤 경우에는 끝내 이해가 안 되는 존재를 그 상태 그대로 내버려 두는 게 최선이다. 불가해한 존재를 남겨두는 일도 때때로 관계의 중요한 대목이 된다. 여러 의미에서 어떤 '새로움'이 된다. 혹은 그 존재를 내 삶의 가장 밑바닥에 내려보내 놓고, 필요하면 꺼내서 씹고 소비해 버리는 용도로 사용하는 것도 방법이다. 1급 발암물질인 스트레스를 떨쳐버리는 데 상당히 유용하다. 인생에서 씹을 인간 하나쯤 있는 거. 나쁘지 않다.

12

나는 단 한 명의 존재도 완벽하게 이해할 수 없다고 생각한다. 그 자명한 사실을 고요히 받아들이는 마음이 '어울림'의 출발이라고. 타인을 완벽하게 이해하겠다는 생각이야말로 가장 파렴치한 욕망이라고. 타인을 이해하지 못하는 형국이야말로 가장 자연스러운 상태라고. 나는 거듭 되풀이한다. 인간의 다양성을 그 자체로 존중하면 비난할 일이 없다. 비난할 일이 없으면 분노할 일이 없고, 분노할 일이 없으면 용서할 일이 없으며, 용서할 일이 없으면 마음이 관대해진다.

13

나는 지금까지 단 한 번도 내 의견에 반박하지 않은 사람은 전혀 믿지 않는다. 어떻게 사람이 항상 일치할 수 있다는 말인가. 나부터도 낮과 밤이 너무나 다른데 말이다. 내가 느끼는 그들은 이타적이고 배려심이 깊어 보이지만, 실상은 소심함을 기반으로 솔직함을 결여시키고 온갖 이유를 대며 소통을 회피하는 것으로 밖에는 보이지 않는다. 바라보기만 해도 숨이 막힌다.

14

가볍게 어울릴 사람과 깊게 사귈 사람을 구분하는 안목이 언제나 내 삶을 좌우했다.

15

우아한 혼자가 되어 유연한 우리가 되는 것. 나는 이것이 모든 개인이 끝끝내 지향해야 하는 '완전한 관계'라는 생각을 언제까지나 간직할 것이다.

#필름 사진

문득 부담스럽지 않은 규격 속에 담겨
누군가의 지갑에 꽂혀 다니는 상상을 한다.

유독 필름으로 찍은 사진을 좋아한다. 지나친 수정
과 이질감이 없기 때문이다. 필름 사진에는 편집이 없
음에도 외려 아름다움이 묻어 있고, 뒤에 들키고 싶지
않은 얼굴을 숨겨놓지 않아 한 점 부끄러움과 거만 또
한 없다. 어느 누구에게도 잘 보일 필요가 없다는 숨김
없는 미소와 깨끗한 얼굴이 있다. 날 것 그대로의 사진
들을 오래 들여다보면 아무리 오랜 기억이라 할지라도
장면과 감정이 생생하게 되살아남을 느낀다. 그날 분
의 마음이 보인다. 그런 사람이 되고 싶은 마음이 든
다. 여러 장 훑어 넘기다가 무심결에 멈추게 되는. 다

소 칙칙하더라도 기어코 솔직한 한 장의 엷은 막 같은 것이. 문득 부담스럽지 않은 규격 속에 담겨 누군가의 지갑에 꽂혀 다니는 상상을 한다. 애써 고쳐내지 않아 평가받을 일 없는 있는 그대로의 모습이 검은 배경 안에 담겨 눈부시게 찬연했으면. 그 빛깔의 조화로움을 닮은 뜻밖이고도 진한 한 장의 추억일 수 있다면. 서로를 이해하지 못하더라도 그런 것은 더는 중요한 게 아닐 수 있다면. 그러므로 아무 생각 없이, 의심도 계산도 없이, 그저 얼굴을 바라볼 수 있다면. 서로를 순수하고 슬프도록 그저 보고 있을 수 있다면. 나는 이 세상에 감사할 것이다.

#꿈

여전히 꿈을 꾸는 사람은
그래도 삶을 포기하지 않기를 작정한 고귀한 인간인 것이다.

종종 서울에서 영현과 만난다. 주간의 피로를 보상
받는 시간이다. 집에서 에너지를 충전하는 일도 좋지
만 때로는 밖으로 나가 사람을 만나곤 한다. 무엇이든
한쪽으로 치우친 회복은 수명이 길지 않은 법이다. 아
무리 몇 시간 고풍스러운 문인들의 이야기를 감명 깊게
읽어도 역시 아는 사람과 얼굴을 마주 보고 육성으로
몇 마디 나누는 것만 못했다.

나는 친구들과 쓸데없는 얘기를 하는 것을 좋아한
다. 이전에는 진중하고 솔직한 이야기를 나누는 것이

관계의 깊이와 비례하는 줄 알았는데 지금은 그렇지 않다. 말의 가벼움과 깊음의 경계를 자유롭게 오갔을 때 외려 마음이 가장 편안했고, 관계의 깊이와 길이는 끝내 말에 있지 않고 행동에 있음을 안다. 그래서 의미 없고, 무목적이고, 헛소리를 늘어놓는 것이 행불행에 관한 말보다 훨씬 더 환기가 되었다. 그러면서도 한달음에 진중한 이야기로 치달을 수 있고, 과거에 대한 후회보다 미래로 향하는 질문을 나눌 때, 나는 왠지 삶을 잘 살 수 있을 것 같은 희망을 가늠한다. 그날도 어김없이 이런저런 이야기를 나누고 있던 참이었다. 영현이 어제 꾼 꿈에 대해 이야기했다.

주일에 한 번씩 꼬박꼬박 로또를 사는 친구는 몇억 짜리 차를 타고 드라이브하는 꿈을 꿨다고 했다. 그때의 기분이 상쾌했고, 날씨는 찬란하고 끝내줬으며, 옆자리에는 누가 타고 있었는지를 말했다(연예인이었던 것으로 기억). 지난밤의 꿈을 더듬거리는 영현의 눈이 환희에 반짝였다. 나는 또 멍청하게 서글픔을 느꼈다.

언젠가 나는 정신과에서 꿈이 소망 충족의 의미를 가지고 있다고 들었다. 꿈이라도 꿔 주니까, 정신이 미치지 않고 살아간다는 내용이었다. 일리가 있었다. 돌아 보면 늘 그랬다. 꿈은 고된 소망들의 잔치였다. 궁핍할 때는 백화점을 휩쓰는 꿈을 꿨고, 외로울 때는 인기 많은 사람이 되는 꿈을 꿨다. 나날이 답답할 때는 여행 가는 꿈을 꿨고, 몸이 아플 때는 하늘을 날아다니는 꿈을 꿨다. 그렇게 달콤한 꿈에 흠뻑 취하고 일어나면 현실의 하중은 늘 미세하게 증가되어 있었다.

꿈과 삶의 괴리는 아득해서, 아득한 만큼 곧잘 현실의 의지가 꺾이는 것이다. 꿈은 허무주의가 지배하는 세상에서 열리는 향연이다. 허무에 지배되는 일은 평범하고, 그래서 섬뜩하다. 꿈은 허무와 희망 사이에 나를 던져두고 아득히 사라진다. 그리고 삶과 오늘의 노동과 내일의 흐릿함은 더더욱 자명하게 다가온다. 그렇게 흐리터분한 잔상의 세계에서 정처 없이 떠돌다가 '헉'하고 깨어나면, 안락했던 방은 삽시간에 답답하고 치열한 장소로 변모해 있었다. 방은 작고 어둑했다. 황홀한 기분에 젖었다가 다시 나에게로 꺾여 되돌아오는 의식은 부쩍 건조하다. 눈을 게슴츠레 뜬 채 입이 찢어질 정도로 하품을 했다. 깨어남과 동시에 하품을 하는 일은 익숙했다. 이윽고 해야 할 일들이 벌떼처럼 달려든다. 차라리 꾸지 말았으면 좋았을걸. 이마에서 아직 달콤한 맛이 떠나지 않고 감도는데, 하루를 살아가는 일은 참으로 싱겁기만 하다. 멀뚱히 앉아있다가 나는 세수를 하러 간다.

그 후로 나는 꿈을 곧 내 무의식을 구성하는 나사 하나가 **빠졌다**는 신호로 받아들인다. 이내 나는 최대한 나를 평온하게 하는 일에 열중한다. 꿈을 꾼 날은 분명 내 나날의 무엇인가 잘못되어 있거나, 내 마음이 무언가를 간절히 염원하고 있다는 것이었다. 그 '무엇'을 찾기가 꿈꾸고 일어난 아침의 일과였다. 꿈을 조금만 더 들어 보면 지금 내가 가장 희구하는 것이 무엇인가를 알 수 있었다. 이내 나는 이루기 힘든 이상에 지나치게 집착하지 말고, 지금 내가 할 수 있는 일을 망각하지 말자고 거듭 유념한다. 떨어지는 꿈, 날아다니는 꿈, 이루는 꿈, 즐기는 꿈, 죽는 꿈. 그것들은 실현될 수 없을수록 찬란했고, 또한 괴로웠다. 그러나 삶에 특별한 기대감이 없어 나는 결과적으로 성실할 수 있었다. 그러면 거짓말처럼 한동안 같은 꿈을 되풀이하지는 않았다.

그런 와중에 나는 영현의 꿈 이야기가 너무 아프게

다가왔던 것이었다. 나는 영현의 집안 사정을 잘 안다. 최근 영현은 불가피하게 돈을 많이 썼다. "거의 파산이야"라고 되뇌며 소주를 부어 마셨다. 친구가 소주를 바라보는 눈의 초점은 흐렸고, 손톱은 부쩍 지저분했다. 그러한 상황에 놓인 친구가 꾼 꿈의 발원을 나는 어렵지 않게 짚었다. 친구가 꿈으로 향한 무의식은 이루어지기 힘든 생을 망연히 예감함으로써 비통에 잠겨있었다. 경제적 자유를 소원하는 사람의 잠자리는 몇억짜리 차를 사는 꿈으로 이어지는 것이로구나 싶어 쓸쓸함이 밀려왔다. 어쩌면 언제부턴가 꿈을 꾼다는 말에도 먼저 체념과 분석을 하기 시작한 내가, 이 삶에 조금 낡아버린 것일지도 모른다고 생각했다. 점점 무언가를 순수하게 받아들이지 못하는 내가 되어가고 있었다. 그러한 내 사념들이 만남을 무겁게 했고, 또한 친구를 과하게 연민하게 했다.

이래서는 안 된다고. 문득 저만치에서 다급한 외침이 들려왔다. 꿈을 꿈 자체로 받아들이고 시원하게 잊은 채 하루를 사는 일은, 도무지 알아볼 수 없는 수학 문제처럼 새삼스럽고 난해한 것이지만. 소망들이 그려낸 환상의 끝이 처량하든 화창하든, 여전히 꿈을 꾸는 사람은 그래도 삶을 포기하지 않기를 작정한 고귀한 인간인 것이다.

친구의 애절한 무의식이 지칠 줄도 모르고 소망을 부르짖을 때. 나는 친구의 옆에 희망도 절망도 없이 그대로 있고 싶다. 다 이루어 지루한 삶보다 아직 이룰 것이 많아 애끓는 삶. 그렇게 무럭무럭 눈물짓는 우리는, 덕분에 끝없이 고마운 숨결들을 나누며 산다. 삶이 꿈같지 않다는 것. 그 역시 얼마나 다행인 일인가.

# #

누군가에게 무엇이 되어

#존재

자신을 증명하기 위해 모든 숨은 슬퍼야 했다.

저마다

더 깊은 밤이 필요했다

이름이 없다면

인간은 아무것도 아니다

자신을 증명하기 위해

모든 숨은 슬퍼야 했다

#명멸하는 별들

매일매일 조금씩 만나는.

대화하는 사람. 독백하는 사람. 눈 보고 말하는 사람. 입 보고 말하는 사람. 소통하는 사람. 희생하는 사람. 행동하는 사람. 말하는 사람. 침묵하는 사람. 손동작하는 사람. 침 튀기는 사람. 거드름. 허풍. 헛소리와 진실. 사실과 의견의 혼동. 귀보다 입이 많은 사람. 두 귀를 다 자른 사람. 혀보다 작은 심장을 가진 사람. 칼날 같은 혀. 이불 같은 혀. 지리멸렬한. 가뭄처럼 피어나는. 말. 가슴 안뜰 둥근 무덤. 의식의 여백. 과거의 영광으로 사는 사람. 과거의 상처로 회귀하는 사람. 현재의 몸부림으로 사는 사람. 그냥 가는 사람. 투덜대며 가는 사람. 노니는 사람. 뜨는 사람. 와야 할 때 가는 사람. 가야 할 때 오는 사람. 눈물처럼. 소란처럼. 사려하는 사람. 연민하는 사람. 헌신하는 사람. 상처받는 사람. 향락하는 사람. 회피하는 사람. 병드는 사람. 사랑하는 사람. 작아지는 사람. 작아질 수 없는 사람. 의식적 부주의함 속에서 지나치는. 매일매일 조금씩 만나는. 쏟아지는 표정. 그리움의 난장판. 이름 없는. 윤곽들. 부둥켜안은 채. 하나씩 켜지는. 마음이라는 난롯가. 마음. 마음이라는. 음. 음역. 인간이 내는 음역 너머의 공명. 허밍. 여기에 그리고 저기에. 여울지는. 쓸쓸해서 찬란한. 우리들. 명멸하는 별들.

#보이지 않는 너를 보고 싶다

사람들 앞에서 평화로운 척하고 뒤에서 혼자 싸우지 마.

누군가 나를 위해 울어줄까 상상하면. 한 번 죽어보는 것도 괜찮겠다 생각했다. 살아있는 동안 사랑을 포기해 버린 사람을 찾을 재주가 있다면. 참 많이 사랑할 것 같다고 생각하기도 했다. 잦은 고독과 허무를 흐느끼는 사람이 있다면. 신명 나게 한 판 놀고 폭죽 같은 비명을 지르고 싶다. 상처 많은 사람의 피비린내를 맡을 수 있다면. 두껍게 가린 옷을 벗고 내 상처를 맞대고 싶다. 처음엔 많이 아프더라도 이내 뜨끈뜨끈한 환부가 천천히 지혈되는. 황홀한 접촉을 일으키고 싶다. 살갗과 마음에 착각을 일으키고 싶다. 그때 나는 말하고 싶다. 우리는 아파했기에 이 분분한 세상에서 어렵지 않게 만날 수 있었노라고. 너의 내면에 상실의 파도가 그토록 물결치는 게. 잿빛의 바다가 끝도 없이 울렁이는 게. 그 위로 하얀 연이 아스라하게 휘날리는 게. 나의 눈에 희미하게 비친다고. 그리고. 그러나. 나는 말하고 싶다.

하지만 그래, 누구도 알지 못하지. 우리. 존재들이. 얼마나 다채로운 비밀들을 안고 살아가는지. 비밀이란 건 인간만이 가질 수 있는 것. 말하자면 어떤 투명한 출혈이지. 그것들은 눌러앉을수록 부화해 알을 까고 나와 방바닥을 마구 활보하고 배가 고프다며 징글맞게 운다. 우리는 잠시 시간을 내 그것들을 달래고. 다시 목덜미처럼 움켜쥐고. 그래서 우리는 늘 굶주려 있고. 아무도 모르게. 아름다움에 굶주리고. 진실에 굶주리고. 진심에 굶주린다. 그런데 어디서부터 부스러지기 시작했는지. 하늘도 바닥도 온통 질문들로 가득하고. 몸은 구겨져 있지만 생생하게 솟아오르는 하루는 여전히 가혹하고. 어느 무정한 아침 빛에 우리는 이미 하루를 다 살아버린 망실의 기분을 느끼고. 문득 다 지겨워져서 때로는 충동과 쾌락을 사냥하곤 하지만 그 끝은 황폐한 폐허일 뿐. 알고 있지. 더 앓아야 한다

는 걸. 우리의 결함은 깊게 새겨진 낙인이라는 걸.
그래도 걱정 말렴. 누구도 우리의 민얼굴을 알 수
없어. 그 어떤 차가운 진실도 뜨거운 진심도 알 수
없지. 중요한 것은 아무것도 없어. 그저 우리는 해
왔던 일을 계속할 뿐. 늘 그랬듯이 하루의 끝자락
에서 맹세하는 것. 더 나은 인간이 되겠다고. 더 사
랑하겠다고. 더 순연한 자신이 되겠다고. 다급하면
서도 명징한 그 약속만이 오직 우리의 안식.

그러니 더는 누구에게도 억지로 이해받으려 하지 마.
반 숨 내쉬며 가쁘게 살아가지 마.
누구에게도 비루하게 사랑받지 마.
사람들 앞에서 평화로운 척하고 뒤에서
혼자 싸우지 마.
누구에게도 받지 말고. 버림받지도 마.

#아름다운 가벼움

아름다운 것들을 많이 아는 사람은 끝내 무너지지 않는다.

정이와 함께 있을 때 나는 한없이 단순하고 가벼워진
다. 정이는 이 아름다운 가벼움의 영역으로 나를 한달
음에 치닫게 한다. 마치 차원이 이동되는 듯하다. 나는
스몰토크라면 재능이 거의 없는 사람인데, 정이와는 왜
인지 그렇지가 않다. 그 '왜인지'를 생각해 보면, 정이는
자신의 이야기를 주절주절하면서도 그 속에는 늘 어떤
알맹이가 들어있기 때문이다.

이를테면 어제 야구를 보러 갔는데, 야구장을 가는
이유는 단순히 성적이나 결과를 보러 가는 게 아니라

고. 이기면 좋은데 져도 그리 섭섭하지 않다고. 그 말을 듣고 나는 "그럼 왜 가?"하고 묻는다. 그러면 정이는 다 함께 같은 팀을 응원하고 지지할 때, 발산되는 단합의 힘과 시원한 환호성이 좋아서라고. 그 열기와 에너지를 느끼고 싶고 그 열기가 내 마음에 고스란히 잔열로 남아서 일상에 활기를 돋게 한다고. 혹은 내 팀이 지더라도 다 함께 슬퍼하고 위로하며 은은한 모닥불 같은 온기를 얻어올 수 있다고 말한다. 그러면 야구에 아무런 관심이 없던 나도 '다 함께 하나의 대상을 향해 응원하고 슬퍼하는 마음'에 대해 생각하게 된다. 이미 우리의 대화는 '야구 이야기'가 아니게 된 거다.

나는 누군가를 그리 열정적으로 응원했던 적이 있었던가. 생각해 보니 없다. 나는 늘 나만 생각하기 빠듯했던 사람이었다. 나는 이게 나쁘다고 생각하지 않지만, 어딘가 허허로운 기분이 드는 것도 사실이다. 다른 이의 행복과 노고에 눈물과 환호를 보이는 사람의 내면은 어떻게 작동되고 있을까. 이런 것을 생각하면 대뜸 부끄러워지고, 부러워지고 그런다.

이러한 이유로 나는 정이와 만나자마자 정신없이 떠

들곤 한다. 이 '정신없음' 속에서 내 고질적인 우울감은 맑게 희석된다. 정이는 늘 '먼저' 말한다. 먼저 말하면서도 들을 때는 잠잠하다. 정이는 먼저 말함으로써 나를 말하게 하고, 그때 나는 글을 쓸 때보다 더 다채로운 말들을 자연스레 하게 된다. 말을 함으로써 나는 그간의 고민이 정리되기도 했고 더 지혜로운 결실을 보기도 했다. 만나 이야기를 해도 진짜로는 만나지 않은 것 같은 사람이 있는데. 정이와는 이미 만나기 전부터 함께 있는 것 같다.

나는 정이의 눈빛이 반짝이는 것을 본다. 기쁨인지 슬픔인지, 전율인지 희망인지 모르게 반짝이는 눈. 이런 눈을 보면 나는 인간으로서 어떤 근원적인 행복감을 느낀다. 생생하게 살아있는 존재를 보는 기쁨. 올해 정이가 응원하는 팀은 30년 만에 첫 우승을 했다. 기적이 이루어질 때 곁에는 늘 모르는 사람들이 있다. 모르는 사람들이 모여 다 아는 기적을 만드는 것이 인생이다.

정이는 내가 아는 사람 중에서 가장 감수성이 풍부하고 활발하다. 눈물도 많고, 웃음도 많고, 먹고 싶은 음식도 많고, 가고 싶은 장소도 많다. 감수성이 풍부하다는 것은, 삶과 사람을 느끼는 통로가 다양하다는 것이다. 그래서 정이는 사람에게 많이 다치기도 하지만, 그만큼 사람의 아름다움을 많이 알고 있기도 하다. 아름다운 것들을 많이 아는 사람은 끝내 무너지지 않는다.

정이는 경험으로 삶을 다져나간다. 나 같이 용기 없고 게으른 인간은 책이나 영상으로 삶을 간접경험 한다. 지레 이면을 들여다보고 상상해서 가까이 가기 싫은 이유들을 나열한다. 그렇게 나를 지키고 안도감을 느끼는 것이다. 그러나 정이는 그렇지 않다. 정이는 자신의 손해나 미래의 위험을 기꺼이 받아들이면서 지금의 자신을 향유한다. 내가 아는 사람 중에서 손에 꼽을 정도로 연애를 많이 하고, 소문난 맛집을 누구보다 많이 다니는 정이를 나는 그래서 좋아한다. 앞에 있는 행복에 자격을 부여하며 뒷걸음질 치지 않고, 오직 앞으로 자신을 밀고 나가는 사람의 뒷모습은 얼마나 아름다운가.

나는 정이를 생각하면서 이따금 북적북적한 도심 한복판에 놓여 있는 나를 상상한다. 그곳엔 많은 사람이 있다. 나는 그곳에서 처음엔 쭈뼛쭈뼛하다가 대가 없는 배려를 받고, 몇 마디 말을 나눔으로써 마음을 연다. 이내 나는 유한한 밤의 불빛과 사람들에게 뒤섞인다. 아무 조건 없이 자유롭고, 사람과 부대끼는데도 외려 한없이 가볍고 홀가분하다. 그 밤은 유한하기에 찬란하다. 정이를 생각하면 나는 사람들과 함께 살고 싶어진다.

그토록 정이는 내 마음 깊은 심해에 가라앉아 있는 '명랑성'을 얕은 수면까지 끌어올린다. 나도 명랑하다는 게 어색하지 않다고 처음 확신한 순간이 정이와 함께할 때였다. 나에게 어떤 감정을 배우게 한 사람. 삶과 세상을 조금 더 유쾌하게 거닐게 만들어준 사람. 그래도 괜찮다고 어딘가에서 응원해 주는 사람. 내게 그 사람은 늘 정이일 것이다.

#광안리에서

이 영원히 마르지 않을 바다와 해변에 앉아 등불처럼 터지는 폭죽을 다시 보게 될까.

1

부산에 사는 유진은 주일에 6일 일한다. 낮에는 커피를 내리고 밤에는 칵테일을 만든다. 그 스케줄에 신체리듬을 맞추는 데만 족히 2주가 걸렸다고 말했다. 물론 가까스로 육체의 시간을 옮겨다 놓았을 뿐이다. 마음은 햇살을 쪼이지 않으면 안 되는 것이라, 유진의 내면은 겨우 안간힘을 써서 영양분을 저장하려는 몸처럼 내내 잠들어있는 듯 보였다. 일을 다 마친 시간은 새벽 2시. 심신의 스위치가 속절없이 꺼져가는 시간이었다. 집으로 돌아가는 길은 어둑하고 멀었다. 원체 검은 옷차림으로 다니는 유진은 그 어둠 속에서 더욱 미어져 보였다.

2

집에 오자마자 유진은 털썩 눕는다. 깨끗한 볼을 얹어야 할 베갯잇 위로 고양이 털이 무성하게 엉켜 있었다. 유진은 그 베개 위로 머리를 누인 채 곤히 잠이 든다. 그 모습이 마치 사람 위로 삶이 누워있는 것 같았다. 고양이 털이 이렇게 많은데 잠을 어떻게 자냐고 나는 물었다. "그냥 체념하고 사는 거지" 유진은 새벽안개처럼 말했다. 유진의 '그냥'이라는 단어에는 단순성의 아름다움이 있었고, '체념'이라는 단어는 그 단순성을 체득하기까지의 지난한 견딤이 있었다. 유진은 어떤 면에서는 나보다 더 초연하고 뭔가에 통달한 것 같은 구석이 있다. 그건 아마 혼자 오래도록 살면서 불가피하게 필요로 했을 어떤 지혜 같은 것이리라. 유진의 말에 나는 따끔거림과 포근함을 동시에 느낀다. 유진의 집에서 지낸 며칠 새 나도 그 베개가 익숙해졌다. 그냥, 어쩌다, 그렇게 됐다. 유진은 오늘도 출근을 한다. 나는 눈에 힘을 주고 유진이 멀어져 가는 것을 보았다.

3

음식은 제때 챙겨 먹지 못하는 모양이었다. 물론 체질상 원체 입이 짧기는 하지만. 나는 한때 몸무게로 스트레스를 많이 받았던 유진이 못내 음식을 등진 게 아닐까 하는 염려가 스멀스멀 들었다. 언젠가 나는 유진이 식욕억제제를 먹는 것을 보았다. 나는 그 약처럼 야만적인 것을 본 적이 없다. 그러나 그 약과, 그 약을 구매하는 심리는, 이 땅 모든 여자들의 업이자 비애다. 아주 지독한, 끝나지 않는 부조리인 것이다.

4

새벽 2시까지 일을 하는 사람이 밥을 챙겨 먹는다는 건 물론 쉽지 않다. 주로 간단한 것. 마실 것. 대개 카페인이나 알코올로 속을 버무리며 '배부름'이라는 착각을 일으킨 상태로 살아갈 것이다. 그 속이 쓰라린 때수건처럼 까슬거린다는 듯, 유진은 자주 음식 앞에서 울상이었다.

5

나는 그 기분을 정확히 안다. 자주 속이 울렁거려서 하루에 한 끼만 먹어도 버겁게 배가 부르는 억울한 기분을. 그런 하루는 내내 의욕이 없고 무겁고 의문스럽다. 나 또한 의자에 오래 앉아있는 일을 하는 터라 더욱이 그런 기분을 종종 느끼는데, 이것은 꼭 앉아있는 사람에게만 찾아오는 현상이 아는 듯했다. 삶이 고달픈 만큼 건강도 쇠퇴한다. 문득 우리는 도대체 어디서 에너지를 끌어다가 하루를 사는 건지 궁금했다. 잠에서 깨어난 지 2시간 정도 지났을 무렵. 나는 유진에게 배가 고프냐 물었다. 유진은 별로 안 고프다고 가녀린 목소리로 말한다. 우리는 비슷한 얼굴을 하고 있다.

6

"요즘은 하루를 살아가는 게 아니라, 그냥 하루치 퀘스트를 깨는 것처럼 지내는 것 같아" 유진이 담배 피우며 말한다. 잠시 뜻 모를 정적이 공간 사이를 가로 그었다. 나는 말없이 고개를 끄덕였다. 유진이 하루의 끝자락에 얹혀서 지나온 시간의 현장감을 아슴아슴 짚어보다가 제풀에 지쳐 잠이 드는 모습이 그 연기 속에 너울너울 그려졌다. 하루라는 임무를 완수하며 사는 사람에게, 하루 가운데 얻을 수 있는 선물 같은 감각들은 희박하다. 그저 그런 하루를 잘 지나온 자신을 다독거리는 일 말고는 아무 할 일이 없는 것이다. 나는 바다나 보러 가자고 말했다.

7

광안리 앞바다에서 우리는 나란히 앉아있었다. 해변은 방석처럼 푹신했다. 바다 앞에는 노래를 부르는 사람과, 한 장의 사진을 남기려는 사람들이 어눌하고 찬란하게 모여 있었다. 해변에 앉아 바다를 바라보며 우리는 서로의 사진을 찍어 주었다. 사진을 더럽게 못 찍는 나는 나 자신에게 실망했는데, 유진은 마냥 꽃처럼 웃는다.

8

엉덩이를 깔고 앉아 잔잔하게 흘러가는 동안, 나는 내 삶을 흔들었던 숱한 것들을 떠올렸다. 그리고 누구라도 그러하듯이, 자연이 주는 자태에 젖어 씻은 듯 개운해지고 있었다. 내 뒤에 있는 투명하고 의미심장한 힘들에 밀려나면서. 내 앞에 있는 캄캄하고 필연적인 힘들에 끌어당겨지면서. 어떤 어둠. 어떤 빛에 이끌리면서. 마냥 광활한 바다를 보면서. 파도 소리를 들으면서.

9

유진이도 그러했을까. 바쁜 세상에 던져두었던 자

신을 한 움큼씩 주워 왔을까. 그 마음들이 파동을 일으키기도 했을까. 지금까지 묵혀온 마음들을 바다에 흘려보내느라 파도는 그칠 줄 모르는데, 오늘 바다에 흘려보낸 마음들은 언젠가 서로에게 일렁이는 물결이 될까. 그것이 사계절 내내 잔잔히 넘실댈 수 있을까. 언젠가. 이 영원히 마르지 않을 바다와 해변에 앉아 등불처럼 터지는 폭죽을 다시 보게 될까. 그날은 얼마만큼의 파동이 있을까. 서로의 안뜰에서는 지금 무슨 일이 일어나고 있을까. 나는 유진을 본다.

10

　모두가 말이 없었다. 나도, 친구도, 바다도. 파도 소리만 여울졌다. 나는 뭉클한 듯 흔들리는 유진의 동공을 본다. 그리고 우리는 갑자기 떠들었다가, 또 가끔 길게 말이 없었다. 침묵 속에 파도 소리가 들어왔다 나갔다. 이윽고 우린 이제 시간이 됐다는 듯 자리에서 일어나 과거의 얼굴들이 둥둥 떠나가고 밀려오는 바다를 등지고, 서로의 휴대폰에 올해의 마지막 얼굴을 담았다. 그리고 약속처럼 눈을 마주치고, 다시 번쩍이는 건물들 사이로 걸어갔다. 어둠을 향해. 빛을 향해.

#덤덤한 미소

나는 사람이 자기 속내를 울며 고백할 때보다
웃으며 털어놓을 때가 더 슬퍼 보인다.

`

누구나 고난의 시간을 겪는다. 예기치 않은 고난의
끝자락에서 사람들의 얼굴은 비슷했다. 나는 사람이 자
기 속내를 울며 고백할 때보다 웃으며 털어놓을 때가
더 슬퍼 보인다. '덤덤하다'라는 단어가 나는 아프다. 앞
날로 다시 뻗어나가기 위한 준비과정에서 삶은 다른 표
정을 허락하지 않는 것일까.

지난한 시간들을 회복시킨 조금 바래진 얼굴. 더는
눈물도 후회도 사치라는 듯 초연한 표정. 언젠가 바닥
에서 본 얼굴. 슬픔을 느끼지만 위로가 어려운 얼굴. 회
한으로 반짝이는 얼굴. 조각난 생의 파편들을 주워 모
으는 사람의 얼굴. 원하는 것을 골라야 할 때가 아니라

포기해야 할 것을 고른 얼굴. 그것을 얼추 마감한 얼굴. 지금도 나는 덤덤한 표정을 짓는 사람을 보면 어쩔 줄 몰라 발을 동동 구른다. 차가운 정적이 습관이 된 사람들은 여전히 넘쳐났고, 세상은 조금씩 무력함과 친숙해져야 한다고 통보하고 있었다. 그때, 사람은 아주 이상하게도, 말갛게 웃는다. 아, 그 웃음은 얼마나 처절한가. 나는 사람이 우는 얼굴은 전혀 슬프지 않은데, 덤덤하게 미소 짓는 사람의 얼굴은 너무 슬퍼서 도무지 견딜 수가 없다. 건드리자마자 툭 터질 것 같다. 곧장 쏟아낼 슬픔을 한가득 머금은, 혹은 슬픔을 한가득 내면에 가둬놓은, 그 웃음의 시작을 상상하면 의식이 마치 통증처럼 느껴졌다.

고단의 시간을 얼추 지나온 사람이 지어먹는 옅은 미소. 잠시 유약하고 어설픈 그 미소. 그 미소에는 진동이 느껴진다. 자명한 몸의 진동. 과거의 자신과 지금의 자신이 동시에 연결된 진동. 생을 고스란히 사는 사람들만이 느낄 수 있는 진동. 황망하고 고귀한 방황에서 연유한 진동. 희망과 절망이 고루 뒤섞인 진동.

그러나 그토록 '삶과 나 사이'에서 절묘한 진동을 느

낄 때, 사람은 비로소 과거를 건너온다. 과거를 건너온 인간만이 미소 지을 수 있는 것이다. 그 미소가 덤덤하든 쓸쓸하든 희미하든 상관없다. 그것은 단념의 미소이지만, 동시에 울렁이는 땅덩이 위에 서 있는 자신을 객관적으로 직면하는 시선의 미소이기도 하다. 자신의 패배와 균열을 오롯이 바라보는 자들만이 미소를 짓는다. 그 어줍은 정서를 가지고 이성과 감정의 근처를 서성이는 것. 그 '서성임'이야말로 가장 찬란한 도약이다. 고난을 미소로 재탄생시킨 사람은 끝내 고난으로 무너지지 않는다.

어제의 희망은 오늘의 땅을 디딜 때 비로소 그 실체가 확실해진다. 그것이 희망이었든 아니었든. 그 실체를 아는 자들은 계속 삶을 길 위에 있게 한다. 그리고 그 행위는 때때로, 아주 신기하게도, 기어이 추구하는 형태에 도달하고 만다. 마음속에 자신의 결함을 꾹꾹 유념하고 있다면. 그걸 알면서도 미소를 망각하지 않을 수 있다면. 그게 슬픔일지언정 그 사람은 파괴되지 않은 것이다.

나는 종종 그러했다. 누군가의 바래진 손을 보면. 덤

덤한 미소를 보면. 부스러지고 거칠어진 그 손에 거머쥐지 못한 귀한 무언가가, 미소라는 미로에서 마침내 닿고자 하는 그곳 어딘가가 나에게도 똑같이 귀하다고 느껴질 때가 있었다. 이윽고 나는 나를 살펴본다. 너의 귀결은 나의 귀함. 너의 미소는 나의 회한이다. 덕분에 나는 조금 아프겠구나. 그리고 앞으로 더 아름답겠구나.

#악과 아름다움

우리는 남들만큼 악하고, 남들은 우리만큼 아름답다.

누구나 자신을 표현하고 싶어 한다. 누구나 자신을
정당화하고 싶어 한다. 살아있고, 살아야 해서 그렇다.
그런데 꼭 자신을 표현하고 정당화하는 방식이 타인을
비난하고 험담하는 일밖에 없다고 믿는 인간들이 있는
듯하다. 남을 헐뜯고 힐난하면서 자기 권위를 과시하는
인간들의 동공을 보면 내 표정은 일순 일그러진다. 공
허한 말들이 격렬하게 부딪힌다. 말은 참혹했다. 그런
인간은 대개 자신보다 어느 정도 나아 보이는 인간에게
는 열등감을 느끼고 욕을 해대지만, 범접할 수 없이 우
월해 보이는 인간에게는 외려 존경과 찬사를 보낸다.
그 반대로 확실히 비루하고 빈약해 보이는 인간에게는
자애와 동정을 베풀며 그 위에 군림하고자 한다. 자신

을 드러내고 내세우는 인간일수록 두려움이 많은 인간이다. 타인을 비난하는 인간은 언젠가 그 자신이 비난의 대상이 된다.

비난으로 자기 힘을 표현하는 어처구니없는 인간들의 세상은 아마 영영 변하지 않을 것이다. 그래서 나는 이 서글픈 사실을 마냥 부정하지는 않는다. 아니 못한다. 다만 환멸이 일 뿐이다. 그리고 물음들이 몰려온다. 자애와 온정으로 자기 힘을 표현할 수는 없는 것인가. 왜 사람들은 먼저 받아야만 한다는 결핍에 사로잡혀 있는가. 많은 이가 사랑을 부르짖고 타인을 씹는 일에 혈안이 되어 있다. 그 파열된 마음을 어떻게 들여다볼 것인가. 정서의 빈곤은 범속한 일이 된 걸까. 이 같은 의문이 확신처럼 밀려오는 상태로 나는 이따금 욕조에 따듯한 물을 받아 놓는다. 곳곳이 너무 추워 견딜 수 없다. 하얀 김 속에서 나는 다시 한번 자문한다. 왜 세상은 여전히 이 모양인가.

갈수록 인간이 싫어지고 풍경이나 사물을 애정하는 나는, 사실 인간을 이해하고 들여다보는 일에 무엇보다 시간을 많이 쓴다. 결국 나도 같은 인간인 사실을 어쩌지 못하는 것이며(그 본성이 '나'란 인간에게 없다고 말할 수 없거니와), 인간과 부대껴야 하는 것은 자명한 필연이니까. 나는 인간은 기본적으로 악하다고 생각한다. 이 관념을 부정하지 못하는 나는 여전히 무엇인가 부족하다. 사실 나는 인간은 악하다는 관념으로 인간은 필경 악하지 않음을 증명하려는 역설의 소망을 품은 인간이다. 이마저도 하지 않으면 세상이 너무 절망적이다.

익명으로 된 소통 공간은 눈 뜨고 들여다보기가 겁난다. 그곳에는 늘 누군가가 비난을 받거나 혐오의 대상이 되어 있다. 모든 인간이 한마음 한뜻으로 자신이 가진 모든 관념, 이념, 사상, 가치관, 정치적, 인문적, 사회적, 윤리적, 도덕적, 생각들을 쏘아대며 마녀사냥을 한다. 그곳에는 인간의 본성이 적나라하게 드러나 있다. 이것이, 아니 오직 이것만이, 인간 세상의 실체이며 본질인 것이다. 거의 대다수가 타인의 삶을 심판하고 정의하며 자신의 삶을 붙들고 있다. 그 속에서 현기증이 난다.

익명성은 인간이 가진 모든 추악한 면목을 드러낸

다. 그 추악함은 어쩐지 익숙하다. 겹겹의 두꺼운 이성의 꺼풀이 벗겨진 본성을 마주하는 일은 결코 가볍지 않았는데, 이제는 그 무거운 실체를 보아도 내 관능은 건조하기만 하다. 그런 내가 미어진다. 인간의 면면들은 종종 가시화되어 현실 세계에서 나타나 더러 안줏거리의 대상이 된다. 이내 아무 일 없다는 듯 잠잠해진다.

본질을 받아들일 것인가. 다른 논리를 논증할 것인가. 나는 이 질문 속으로 파고들어 간다. 물론 어차피 답은 없다. 그래봤자 세상은 이 모양 그대로 굴러갈 것이다. 다만 포기할 수도 없는 노릇이다. 왜 인간은 더 우아하지 못할까. 이런 질문을 붙들고 있으면 내가 무슨 고고한 철학자라도 된 듯한 오만불손한 기분이 들어 그만 관두고 담배나 피우러 가다가도, 나는 담배를 피우며 다시 한번 '인간의 아름다움'을 어눌하게 더듬는다. 끊임없이 문지르다 보면 비교적 미열이라 할지라도 온기가 돌지 않을까 하는 희망으로.

결국 그렇다. 나는 인간 세상이 한없이 평화로울 수 없다고 생각한다. 소란스러움이 가장 자연스러운 것이다. 왜냐하면 인간의 운명은 '악'과 더불어 살아야 하는 것이기 때문이다. 인간성을 구성하는 수많은 요소에는 '악'이 있다. 그 '악'은 차차 형성되거나 어디서 새롭게 창조된 것이 아니라, 본래 인간 안에 내재된 상태로 함께 탄생한 것이다. 그러므로 모든 인간은 '악'을 관리하고 검열해야 하는 의무가 있으며, 이 의무를 저버린 인간은 인간으로서 실격한 인간이다. 우리는 모두가 불가피하게 저마다의 심판대 위에서 평생을 살아야 한다. 그러나 하릴없는 일은, 그 관리와 검열의 방법은 이 세상 그 누구도 가르쳐 주지 않으며, 그 필요성 또한 가르쳐 주지 않고, 법에 위반되지 않는 이상 악함의 책임을 질 필요도 없어서, 세상은 본래 이 모양인 것이다.

나는 이 덧없고 허무한 사실을 받아들인다. 그러나 포기할 수도 없다. 앞으로 내가 만나야 하는 인간들에게서 작게나마 아름다움을 추수하기 위해. 그럼에도 나는 미간을 찌푸리고 인간의 바닥을 가늠하는 일을 게을리하지 않으려 한다. 그리고 이제는 '나'란 인간이 얼마나 더러운가를 함께 깨우쳐 사실 나도 '그들'과 다르지 않음을 시인하고. 다만 그 거대한 뿌리에 필시 지혜와 지성이라는 뿌리도 함께 있음을, 마치 수확하듯이, 꼭 캐내고 말 것이다. 타인의 악함이 내게도 있음을 알 수 있었기에. 나는 이토록 악에 저항하는 삶을 포기하지 못한다.

인간은 악으로 파괴된다. 악이란 자신의 이익을 과하게 챙기고 타인의 고통에 무지한 모든 일이다. 물론 세상은 순백하고 깨끗하게 살 수가 없다. 그건 불가능하다. 그 누구에게 한 점의 고통도 주지 않는 삶은 있을 수가 없다. 결국 세상은 정도의 차이로 굴러갈 것이다. 내 생각에 그 '정도'는 오직 자각과 행동으로 완성될 것이다. 인간은 악으로 파괴되지만, 그 악을 자각하고 관리하며 반복의 수를 줄이려고 스스로 분투하는 지성의 아름다움으로, 비로소 완숙할 것이다. 인간은 악함으로 또한 아름다워질 수 있는 무궁무진한 가능성이 있는 존재다. 그렇게 인간의 아름다움을 믿는 인간은 끝끝내 파괴되지 않을 것이다.

우리는 남들만큼 악하고, 남들은 우리만큼 아름답다.

#작별 인사

애절하게 헤어지는 일이 도리어 다시 만나게 될 날과
멀어지게 할 것 같았다.

산책을 하다가 혜령 누나 생각을 했다. 누나가 나와
같은 동네에 살았을 때 반려견과 자주 산책을 하던 곳
에서. 가벼운 풀밭이 동그랗게 펼쳐져 저마다의 아파트
단지 입구로 출구가 나 있는 아름다운 곳이다. 그때 누
나가 걷던 길을, 지금 누나의 나이가 되어 내가 걷는다.

나와 누나는 세상을 느끼고 감각하는 정서가 거의 비
슷하다. 내 주변에서 자연과 풍경에 관한 이야기를 아
주 구체적으로 할 수 있는 유일한 사람은 누나다. 다른
사람과는 오래 못한다. 지루해한다. 그러나 우리는 산
천초목을 사랑하고, 자유를 생에 가장 중요한 가치로
둔다. 그래 우리는 어디로든 거닐며 바람을 맞아야 하

는 운명인 것이다. 우리는 자주 콘크리트 건물에 신물과 숨 막힘을 느낀다. 나무를 만지고 흙을 밟고 싶어 한다. 여기는 너무 비좁다는 생각을 수시로 한다. 더 드넓고, 더 한없는 곳이 우리 내면에는 늘 나부끼고 넘실거리고 있다. 그래서 떠난다. 어디든 길게 숨을 쉴 수 있는 곳으로. 그리하여 나는 이 산책길에서 자연스레 누나 생각을 하게 된다. 작은 꿈같은 여기는 아직 잘 있다.

발자국마다 나는 누나가 떠나기 전에 했던 작별 인사를 떠올렸다. 인사는 가물거렸다. 알만했다. 누나가 떠나는 날에 나는 애써 아무렇지 않은 티를 내며 촌스럽게 돌아섰으니. 애절하게 헤어지는 일이 도리어 다시 만나게 될 날과 멀어지게 할 것 같았다. 작별이라는 온기를 발화시켜 내면에 고이 품어두고 다시 나날을 당면할 때, 뭉근한 작별의 온기가 나를 데워주기보다는 도리어 무력한 우울과 슬픔을 가져올 것 같았다. 나는 그리워하기 두려워 무심했다. 그랬다. 나는 한없이 미숙했다.

지금까지의 만남에서 나는 언제나 농밀하게 헤어진

사람을 잊지 못했다. 그 사람을 은밀히 보고 싶어 하느라 내 삶에 갈피를 못 잡았던 적이 종종 있었다. 그 부재의 아픔을 느끼기 싫었던 나는 누나와의 작별을 짐짓 가볍고 무심하게 이행한 것이다. 나는 건조하게 헤어졌고 그것을 당시에는 썩 잘한 일이라고까지 생각했다. 그러나 그 허망한 사념에 빠져서 정작 누나의 인사말도 기억하지 못하는 나는 이내 심한 자괴감에 빠졌다. 이렇게 오래 못 볼 줄 알았으면 그때 내가 왜 그랬을지 싶다. 헤어짐 앞에서 어른스러워지려는 태도는 참으로 고상한 오만이었다.

그래도 기억나는 장면이 하나 있다. 조금 오래 안겨 있었던 기억이다. 포옹은 나에게 언제나 특별한 행위다. 포옹을 하는 순간마다 나는 눈을 감는다. 사람의 분별없이 늘 그렇다. 눈을 감으면 어둠 속에서 생명의 움직임이 명료해졌다. 그것은 우리가 존재하고 있다는 사실이었다. 무엇이든 가능한 여운이 되는, 감히 무한한 존재의 박동을 가슴팍에 수놓는 행위가 나에게는 포옹인 것이다. 그것은 안락한 심연의 빛을 보게 했다. 상당히 간단하고 충만하게 말이다. 누나가 한 아름 팔을 벌리는 모습을 상상하면 입가에 미소가 지어진다. 미소는 한동안 떠나지 않고 봄의 해처럼 따사롭게 머무른다. 금년에 나는 누나보다 길게 포옹을 했던 사람이 없었다. 길게 포옹할 사람이란 많지 않아 귀하다. 언젠가 그 사람을 만나면 그 사람은 아마 또다시 누나일 것이다.

누나와 나는 연락을 자주 하지 않는다. 나는 사실 누구와도 연락을 부지런히 하지 않는 편이다. 연락의 빈도가 애정의 농도라고 하지만, 그 일리는 나와는 딱히 관련이 없다. 오히려 나는 매일같이 연락하는 사람을 아직 무르익지 않은 관계라고 생각한다. 신의가 기반이 된 관계는 연락의 숫자보다 함께 살아갈 날들을 그리는 형태가 인연의 심도를 좌우한다고 믿는다. 덕분에 나는 하루하루 성실히 살아간다. 언젠가 무엇이 되어 다시 만날 날을 위해서.

누나의 목소리는 내가 아는 여자 중에서 꽤 좋은 편에 속한다. 마치 바닥이 보이는 맑은 바다를 연상케 한다. 그 바다 위에 둥둥 떠다니며 열대과일을 먹는 것처럼 청아하고 알록달록하다. 구름처럼 몽실몽실하면서 과즙처럼 산뜻하다. 그 소리는 낮고 어눌한 내 목소리와는 정반대에 있어서 누나와 전화를 할 때마다 나는 일순 싱그러운 사람이 된다. 나는 그 신비로운 느낌을 도통 설명할 재간이 없지만 참으로 다행인 일임에는 틀림없다. 나는 사람에 따라 시시각각 변화한다. 그 사실이 나를 놀랍게 한다. 누나와 나는 약 두 달 전에 마지막으로 통화를 했다. 어쩌다 통화를 한 번 하면 그동안 못다 한 얘기를 길게 한다. 그 대화는 사소하면서도 농밀하다. 애써 말을 공장처럼 만들어 나누지 않고, 적당한 침묵의 여운이 고루 섞인 채로 서로가 교감된다는 사실은 가히 아름다운 일이다.

내 삶에는 이제 사람이 걸러질 대로 걸러져 충분히 사랑할 몇몇의 사람들만 남았다. 내 관계에서 누나는 유일무이하다. 아마 내가 생에 또 한 명의 누나를 두지는 않을 것이다. 누나는 혜령이 한 명으로 충분하다. 누구도 모습을 흉내 낼 수 없는 단 한 명의 사람이 있음은. 그 자체만으로도 문득, 삶을 빛나게 한다.

지금 누나와 나는 멀다. 제주도와 경기도는 먼 거리다. 누나는 먼 거리에서 드문드문 나를 생기롭게 하고, 다가오고 멀어지면서 여운처럼 은은히 잔존한다. 자주 만나지 못하더라도, 내 생에 한 부분에 들어온 존재가 어딘가에서 숨 쉬고 있다는 사실이 나를 괴롭지 않게 한다. 보이지 않는 곳에서 서로의 생을 응원하는 사람이 있다면, 그 거리는 아무것도 아니다.

망막한 우울이 아니라 가벼운 설렘이 은은한 채로. 그러나 사무치게 보고 싶어 하지 않겠다는 용기로. 나는 누나를 생각한다. 그리고 다시 내가 당면할 일을 당면한다. 혜령이가 있어 다행이다. 다음에 만나면, 마지막처럼 포옹하고 작별해야겠다고 생각했다. 한 사람의 부재가 클수록 그 사람이 나에게 얼마나 귀한 사람인지를. 그 일이 또 나를 얼마나 단단한 존재로 만드는지를. 이제 나는 안다.

자유롭고 평온하기를.
혜령에게.

#오류

서로의 마음속에 반짝이고 있는
낯설고 영롱한 것들을 발견하는 존재.

　　한때 지나치게 이성적으로만 생각했던 적이 있다.
감정적인 사람으로 살다가 많이 다쳐서 그랬을 거다.
인간관계에서 감정을 나누는 것은 헛일이고, 삭막한 삶
을 어찌 됐든 살아야 하는 나에게 필요한 건 그저 '해결
책'이나 '결론' 뿐이라고 믿었다. 그랬던 나의 '이성'은
세상을 꿰뚫는 날카로운 창이 아니라 삐쭉 튀어나온 가
시를 막는 방패에 가까웠다. 그랬다. 나의 이른바 '이성
적 사고'는 사실 내 방어기제였다. 나는 간결하고 완벽
한 질서와 시스템을 두고 살아가는 사람이 못 된다. 나
는 이성을 빙자한 냉소를 부리고 있었다. 그러는 사이

내 관계는 오염되고 있었다.

　나는 갑자기 내 친구들이 상스럽고 천박해 보였다. 친구라는 무리가 한없이 철없고 가벼워 보인 것이었다. 나는 냉정하고 초연한 말투로 종종 친구들과의 만남에서 분필만 없는 교사가 되었거나, 혜안을 가지려 애쓰던 늙은이가 되곤 했다. 그렇게 되고자 애를 썼다. 그것이 고작 어른스러운 모습이라고 굳게 착각했다. 차츰 나이가 들어가며 변화하는 삶의 시각 또한 분명 화창하지 못했기에, 대화의 주제는 다소 무거워졌다. 돌아보면 만남을 무겁고 진중하게 만든 것은 언제나 나였고, 늘 답답했던 것도 나뿐이었다. 나는 참으로 시건방졌다.

　나는 글을 쓰면서 알게 된 지혜나 관념 같은 것들을 친구들에게 끝없이 주입하려 했다. 서로가 행복하고 평안하기를 바랐기 때문이었다. 공감을 원하는 사람에게 무정한 논리를 쏘아붙였다. 새롭게 배웠던 것, 이해했던 것, 깨달았던 것들을 나는 무책임하게 떠벌리고 다녔다. 어쩌면 나는 서로의 평안보다, 나의 자각과 배움을 은연중에 우월한 위선으로 탈바꿈하는 데 더 애를 썼던 거다. 나는 함께 잘 살아가자는 명목으로 어디서 주위들은 지혜를 자랑하기에 바빴고, 그 결과는 늘 충고나 비판으로 귀결되었다. 그 속내는 명백히 '진심으로 친구들을 위함'에서 비롯된 것이라고 말할 수 없었다. 어느샌가 나는 친구들 사이에서 '재수 없는 인간'으로 완성되었을 터였고, 그런 내가 구역질이 날 만큼 한심했다. 병들어 있던 사람은 나밖에 없었다. 가득 채운 듯이 으스대는 깡통에서 시끄럽고 공허한 소리가 나듯. 친구 사이에서는 고민의 해답보다 감정의 동화가 더 보람찬 일이라는 것을 나는 뒤늦게 알았다. 논리적으로 소통한다는 것만큼 웃긴 일도 없다. 인간은 끝내 논리적이지 않다. 냉철한 논리는 깊이 아는 사람들일수록 그 효용 가치가 없어졌다. 결국 나는 누구와도 소통하지 못하고 있었다.

나는 너무 많은 마음을 훼손한 후에야 알았다. 결국 '친구'라는 사람들은 그런 장르의 이야기를 나누는 존재가 아님을. 수위가 센 어감에도 트집 잡히지 않고. 아주 제대로 진상을 떠는 게 외려 오랜 기억으로 남고. 말도 안 되는 이야기를 하며 가벼운 시간을 보내고. 거나하게 취해버려도 눈치가 안 보이고. 천박하고 사랑스

럽고. 더럽고 다정하고. 그다지 반갑지는 않은데 헤어
지려니 아쉽고. 은연중에 흔적을 남기고. 흔적들로 하
여금 마음이 만들어지고. 나조차 모르는 나를 알고. 내
가 망각했던 것들을 기억하고. 섞일 수 없는 듯 어우러
지고. 다방면에서 마음에 안 들어도 왠지 밉지가 않고.
같이 살기 괜찮은 수준의 통증을 공유하고. 보여주지
않은 슬픔을 먼저 알고. 말로 소리 낼 수 없고 정리할
수도 없는, 서로의 마음속에 반짝이고 있는 낯설고 영
롱한 것들을 발견하는 존재. 나이가 들어가는 것과 무
관하게 늘 동심일 수 있고. 사소하고 쓸데없으며 돈벌
이에 아무런 도움이 되지 않는 대화를 나누고. 짐짓 경
박하고 시답잖은 이야기에 깔깔거리고. 그러다가도 한
순간 중요한 대화를 나누게 되는 사람들. 변치 않는 추
억을 밤낮없이 함께하고. 서로의 미래를 응원하되 간섭
하지 않으며. 다만 현재를 살면서 함께 여생을 저어 가
는 사람들. 나 자신보다도 나를 자세히 알고 있으며 필
요하다면 언제든 팔을 걷어붙이고 대가 없이 도움을 주
고받는 사람들. 보이지 않는 어딘가에서 서로의 평안
을 빌어주는 닮은 영혼. 변화하는 얼굴과 정서가 반갑
고. 지겹도록 궁금해하고. 별다른 말을 안 해도 속사정
을 알고. 말을 하면 할수록 에너지가 고갈되지 않고 도

리어 차오르는 기분이 들고. 어떤 식으로든 결국 재미
있어지고. 어쩐지 오래 살고 싶다는 생각이 많이 들고.
나의 성취와 기쁨에 행복해하고 불행과 고통을 더 이해
하는. 마침내 서로를 닮는 이상하고 신기로운 사람들.
친구라는 사람은 결국 그런 존재일 때 가장 근사했다.

나는 이제 거대하고 무거운 이야기들을 하지 않으려
고 유념한다. 망연하고 막막한 화두를 최대한 절제하고
내 주변에서 일어나는 작고 사소한 이야기들과 가깝게
지내려 한다. 연거푸 느끼며 지내려 한다. 잘 될지는 모
르겠지만 나는 분명 부끄러움을 느끼고 있다. 한때 내
우매한 지랄발광을 모두 흡수해 주었던 나의 친구들에
게 새삼 사과하고 싶다. 니들이 현자다.

#피곤하다는 권위

나를 위로할 사람은 언제나 나 자신이며,
그 누구도 나의 투정을 들어줘야 할 의무가 없었다.

피곤할 때 나는 조심한다. 많이 피곤하다는 이유로
몸이 고달플 때면 언제나 내가 알고 있는 가장 폭력적
이고 질 나쁜 습관이 튀어나왔기 때문이다. 가스통을
싣고 달리는 트럭처럼 위태롭다. 멈출 수가 없다. 하찮
기 짝이 없는 나를 나는 제어할 수 없었다. 방패 같은
낯짝으로 칼날 같은 말을 뱉고 침대로 뛰어들었다. 그
모습들은 낯설고 역겨우면서도 꼭 어디선가 본 얼굴들
이었다. 나는 본래 내 안에 내재되어 있는 또 다른 나의
모습을 마냥 부정할 수 없었다. 그래서 더 내가 싫었다.
통제가 안 되는 무능한 상태에 놓일 때 정신은 지저분
했다. 그렇게 거북한 내가 되는 과정의 중심에는 늘 '피
곤함'이란 기운이 내핵이 되어 있었고, 후회는 매번 다

음날의 내 몫이었다. 오랜 뒤에 나는 내가 작고 어리석었다는 것을 알았다. 미안한 얼굴들이 참으로 많이 아른거리고 있었다.

그런데도 이따금 막연히 이해받고 싶은 날이 있기도 하다. 짐짓 툴툴거리고 싶다. 나이가 들수록, 그러면 아니 될수록 더 그러고 싶었다. 내 마음 한 평에는 아직 덜 자란 사춘기 소년이 있는 듯했다. 그러나 다시금 자각한다. 피곤하다는 상태는 고달프고 지쳐 에너지를 필요로 하는 상태일 뿐. 날것의 나를 모조리 분출하고 "내가 지금 피곤해서 그래"와 같은 말로 나의 기분을 증명하거나 무심히 이해나 위로를 강요하는 순간이 결코 아니라고. 나의 과보를 되짚고 반성하는 일을 게을리하지 않는 태도가 내 삶엔 언제나 중요했다.

돌아보면 결국 그러했다. 피곤할 때 나는 오늘도 삶을 포기하지 않고 살아냈다는 노동의 노고를 인정받으려 혈안이 된 셈이었다. 그러나 그것은 나의 삶을 너무 과분하고 특별하게 생각하고 있다는 권위와 초라하고 빈약한 자존감의 증명일 뿐이었다. 내가 한 일은 그저 내 일이었을 뿐. 나를 위로할 사람은 언제나 나 자신이며, 그 누구도 나의 투정을 들어줘야 할 의무가 없었다.

　나는 내 퉁명스러움에 잘려 나간 단면을 생각해 본다. 언젠가 나의 피곤을 덕지덕지 바른 사람이 있었을까. 그것도 아주 가까운 사람들에게, 가장 그러면 아니될 사람들에게. 내 날카로운 신경을 꼿꼿이 펴서 비처럼 퍼부었던 적은 없었을까. 언젠가 나로 인해 축축이 젖었던 사람들은 그러할 의무가 전혀 없었는데. 애당초실수는 내가 저지른 것인데. 균열은 오롯이 나의 것인데. 나는 꼭 누군가의 마음을 쩍 갈라놓기 일쑤였다. 대체로 가족들, 그리고 친구들이었다.

　그리하여 나는 피곤할수록 신경을 곤두세우거나 차라리 나를 내려놔 버린다. 몸도, 마음도, 정신도, 어딘가 살짝 허름해져서 빈약할 때일수록. 애를 다해 평정을 찾거나. 차라리 풍선 인형처럼 부드럽게 흐느적거린다. 언제나 그럴 것이다. 잘못하다가는 나는 물론이고 내 주변까지 파괴하기에.

　나는 찬찬히 내 마음의 안쪽을 들여다본다. 오늘을 살아낸 나의 노고와 묻은 먼지들, 바깥세상의 교묘한 신경전, 너무 많은 눈빛, 말, 노동의 피로, 정신이 소모한 에너지, 갈증과 배고픔. 그것들을 몸소 깡그리 흡수한 나를 돌이켜본다. 내일을 생존을 위해서가 아니라 오늘의 살아감을 위해 살고 싶다.

#공감이라는 환상

서로의 개별성과 다양성을 인정할 때 비로소 공감이라는
온기가 돌고, 인간은 조금씩 연결되어 갈 것이다.

　　너와 나 사이를 잠시 잇는 통로. 완벽한 타인에서 잠
시 나 자신이 되어보고. 다시 최초의 나로 되돌아가는
과정. 나의 사고방식과 행동양식을 그 상황에 대입시켜
보는 능력. 상상하고 투영해 보는 것. 상상력의 이동과
유대의 필요성을 느끼는 마음. 평가가 아니라 발견이
되고. 발견으로 소통을 하고. 소통으로 입장이 되어보
고. 입장에서 기꺼이 인생이 되어보는 기분. 비로소 서
로의 다름을 기뻐하는 마음. 그러한 마음의 움직임 그
자체. 나는 그것을 공감이라고 부른다. 쉽게 말해 '나였
으면 어땠을까' 헤아리는 것. 단지 그것을.

　　나는 이따금 공감이라는 상태를 '감정의 동일화'라고

믿는 사람들을 보았다. 그들은 오늘도 원인 불명의 상처를 받는다. 나는 우리 모두가 공감의 관념을 수정해야 한다고 생각한다. 공감이란 같은 양질의 감정과 기분을 느끼는 것이 아니다. 그런 일은 일어날 수가 없는 것이다. 인간은 같을 수 없다. 잠시, 잠시 교차되어 갈 뿐. 마음이란 스르르 섞여서 같아질 수가 없는 것이다. 비슷해 보이는 감정과 기분에도 무수히 다양한 무언가 숨어 있다. 다만 인간은 그 찰나의 교차로도 충분한 위안을 느끼기 때문에 크게 개의치 않는 것뿐이다. 말하자면 인간은 잠깐씩 비슷해지면서도 아주 다르다.

그런데도 이따금 우리는 서로가 같을 수 있다고 실컷 착각한다. 그러한 관념적 허구에 빠진 인간은 필연적으로 갈등을 겪을 수밖에 없다. 같은 양질의 감정을 느끼지 못함으로 인간은 무궁무진하고, 직면한 문제에 다양한 의견을 도출해 내는 것이다. 서로 다른 것은 지극히 당연한 일임을, 우리는 망각하고 또 망각한다.

또 '공감 능력'이라는 말이 어디선가 튀어나와 자주 쓰이고 있다. 나는 이 말이 참 웃기다. 어떻게 '공감'과 '능력'이라는 단어를 붙여놓을 생각을 했는지. 마치 공감이라는 것을 무슨 게임 캐릭터의 능력치처럼 생각하는 것 같다. 공감이라는 상태를 꼭 지금부터 실행할 수 있는 어떤 특수한 자세라고 믿는 듯하다. 공감은 그런 게 아니다. 사람은 누구나 공감을 할 수 있다. 다만 방향성의 차이만 있을 뿐이다. 공감에는 감정적 공감이 있고 인지적 공감이 있다. 그 방향성이 다르다고 공감을 못 한 게 아니다. 공감을 못 하는 인간은 그 어떤 방향으로도 가지 않았을 것이다. 그러므로 남이 나에게 한발 다가오는 것 자체로 우리는 만족해야 하리라. 그러나 인간은 늘 더 많은 것을 갈구해서 문제가 된다. 타인이 나에게 한 발짝 더 들어와 나와 함께 뒤섞이기를 바란다. 그러지 못하는 자는 가차 없이 '능력 부족' 취급을 받는다. 나는 이러한 프레임의 언어가 인간을 대립시키고 고립시킨다고 확신한다. 인간의 언어는 인간을 충분히 잡아먹는다.

우리나라 사람들은 특히나, 한마음 한뜻으로 무리를 일구어 다 함께 생존하고픈 이상한 욕구와 환상을 가진 사람들이 많다. 이것은 시대의 곤궁과 권력의 비극성이 낳은 결과다. 지금까지 사람들은 너무도 개인의 삶을 억압받아왔다. 개인은 철저히 '관계' 속에서만 존재하고 온전했다. 그 끈끈한 연대로 사회는 고도성장을 일구었고 수많은 가정이 끔찍한 가난으로부터 적잖은 안정과 평화를 느꼈다. 그러나 반대로 개인은 자기 존재의 이유를 관계의 존속으로 더욱 굳히게 되었다. 먹고사는 일에 개인의 존재감이 잠식된 것이다. '내가 있는 듯 없는 우리. 혹은 내가 없는 우리'가 있는 나라가 바로 우리나라다. '나 없는 우리'를 은밀히 권장하고 조종하는 나라도 우리나라다. 우리의 눈물이 마르고, 사랑이 사라진 이유가 나는 여기에 있으리라고 확신한다. 나를 모르는 인간은 결국 남에게 아무것도 되지 못한다.

시대의 형태는 바뀌지만 성정은 이어진다. 그렇다. 최빈국이었던 우리나라 사람들에게는 알게 모르게 '더불어 살아감'이라는 특수한 심장이 뛰고 있는 것이다. 그것은 또한 하나의 생존본능이다. 그 같은 성정을 가진 우리는 '개인'이라는 모습을 굉장히 꺼리는 경향이 있다. 우리나라의 문화적, 시대적 습성이 '개인'을 받아들이고 이해하려면 그토록 먼 것이다. 이러한 세계에서 개인은 이기적이고 고집불통이며 힘없는 반항자다. 그래서 개인은 감정적 아첨과 꾸밈으로 살아남을 수밖에 없었다. 나는 사람들이 '공감'이라는 상태를 혼동하는 까닭 중에 이 관념이 기저에 있는 게 아닐까 생각하곤 한다. 이 관념에서 공감하지 못하는 자는 (일명 같은 감정을 느끼지 못하는 자는) 불성실하고 게으르며 대항하는 존재가 되는 것이다. 그야말로 상종할 수 없는 족속이 출몰한 거다. 그들이 양극단으로 대립하며 갈등한다. 무엇이 되었든 심화되는 혐오감은 자명한 비극이다.

나는 더불어 사는 삶을 비관하는 게 아니다. 감정적 동화를 경멸하지도 않는다. 세상은 혼자 살아갈 수도 없거니와 인간은 상호 동정 사이에서 살아가게끔 설계되어 있다. 그러나 또한 삶을 위로하고 동정하고 가다듬는 대상은 오직 그 삶을 사는 자신이 되어야 할 것이다. 혼자 살아가는 법을 아는 자와 그러지 못한 자의 삶은 극명하게 나뉜다. 삶은 오직 그 자신의 것이며 끝끝내 개별적인 것이다. 구원도 희망도 행복도 모두 순종을 물리친 자에게 다가올 것이다. 우리가 누군가와 같은 기분과 감정을 느꼈으면 좋겠다고 소망하는 것은, 우리 속에 삶과 세상을 향한 근원적인 두려움이 있기 때문이다. 그러나 산다는 것은 혼자라도 괜찮을 서로를 사랑하는 것이다. 사랑한다는 것은 타인의 다름을 부정하지 않는 것이다. 서로의 개별성과 다양성을 인정할 때 비로소 공감이라는 온기가 돌고, 인간은 조금씩 연결되어 갈 것이다.

#빈 그릇

나의 후회는 대개 말에서 발생했고,
나의 보람은 대개 듣기에서 완성되었다.

이제는 조금 현명해진 듯하다가도 자주 속절없이 어리석어진다. 어리석어지는 나는 하릴없고, 하잘것없다. 그러나 인간의 인간성은 어리석음 그 자체에 있지 않고, 그것을 어떻게 꼭꼭 씹고 소화시켜 체화하느냐에 달려있음을 안다. 지혜로움에 집착하지 않고 덜 어리석게 사는 삶을 위해 살고 싶다. 그런 이야기를 해보자면 이렇다.

친구들과 대화를 하다 보면 종종 상처받은 이야기나 고민거리를 듣는다. 관계에서 그것은 불가피하다. 그러면 나의 사고회로는 그 감정의 늪에서 어떻게 하면 빨리 빠져나올 수 있을까를 고민한다. 어쩔 수 없는 노릇이다. 가장 먼저 그러한 방향으로 생각이 뻗는 것을. 성질이 원체 이성적이라 그런 탓인지 나는 위로나 다독임 하고는 철저하게 먼 인간이다. 위로의 말은 듣기도, 하기도 어색하다. 그런가 하면 경험하지 않은 일에는 공감이 난처하다. 직접 겪지 않았음에도 공감을 한다는 것은 무책임한 가식이라고 생각하는 피곤한 인간이 바로 나다.

치명적인 사실은 인간은 본래 감정의 동물이라는 거였다. 인간의 '이성'은 괴로움과 고통을 어떻게든 합리화하기 위해 정신이 고안해낸 하나의 도구일 뿐. 인간은 그렇게 내내 침착하고, 분별력 있고, 완전무결하게 살 수가 없는 존재다. 잠깐은 그러할 수 있겠지만. 인간은 다시금 서서히 불완전하고. 충동적이고. 외롭고 고독한 상태로 돌아갈 것이다. 다만 감정으로 심히 기울어진 인간은 삶을 살기가 힘들기 때문에 다시 이성을 찾는 것이다. 그렇게 감정과 이성의 경계를 순회하며 그 각각의 효험과 폐단을 함께 아는 인간이 온전한 인간이다. 무엇이든 기울어진 것은 좋지 않다. 나의 경우는 '이성' 쪽으로 기울어진 인간이다. 그래서 나는 종종 사람들과 어울리기가 힘들다.

나는 친구들의 이야기를 들으며 내 입술이 무언가를 말하려 할 때마다 어금니를 문다. '깨달음은 남으로부터 얻을 수 없다, 내가 할 일은 그저 이 앞에 있는 사람에게 비빌 언덕이 되어주는 것뿐, 그 외 다른 것은 없다' 유념하고 또 유념한다. 그러나 역시, 나는 보란 듯이 실패한다. 조언이란 건 역시 쓸데없다는 걸 알면서도, 정작 그러한 상황에 놓이면 가슴을 덜컥 짓누르는 갑갑함을 견디기가 힘들었다. 그 '갑갑함'의 원인은 나와 관계를 맺고 있는 친구를 보다 덜 다치게 하고 싶다는 어떤 소망에서 발원한 것인데, 그것은 그야말로 완벽한 실수였다. 그 '갑갑함'은 다만 내 욕심일 뿐이었다. 내게 무언가를 토로하는 친구의 내면은 그 해답이나 해결책을 원하지 않았으리라. 인생에서 그렇게 어렵고 수수께끼 같은 일은 잘 없다. 특히나 동갑인 나에게서 해답이나 해결책을 얻겠다는 의중은 더더욱 말이 안 된다. 나는 처음부터 틀렸던 것이다.

모든 지혜는 그 반대 또한 마찬가지로 지혜가 될 수

있다는 말을 나는 되씹는다. 하지만 나는 참으로 어리석어, 친구를 위한다는 명목으로 내 알량한 하나의 일리를 퍼붓기에 바빴다. 그것이 친구를 위해서가 아니라 내 속을 편안하게 하고자 저지른 일이었음을 나는 부정할 수 없었다. 그러나 뒤늦게 회한을 한들, 이미 내 말은 상대방의 귓속에 들어가 잠식한 후였고, 그때면 어김없이 나 자신이 싫어졌다. 밤마다 폭풍 같은 부끄러움이 밀려왔다. 나는 이 지옥과 같은 어리석음의 늪으로 자주 빠진다. 나의 후회는 대개 말에서 발생했고, 나의 보람은 대개 듣기에서 완성되었다.

나는 더욱 내가 될수록 불가피하게 상처를 주는 존재가 되는 건지도 모르겠다. 아니다. 나는 내가 된 적이 없었다. 진정 자기 자신인 사람은 타인의 고통에 반응하고 아파하는 인간들이다. 그 아픔을 자신의 삶으로 끌어와 시시각각 피부로 실감하는 이상하고 아름다운 일을 자처하는 인간들이다. 아픔을 이론화시키지 않고 그저 아픔 자체에 붙어있는 숨을 흐느끼는 인간들이다. 그랬다. 나는 나를 버림으로써 내가 되어 가기도 했던 것이다. 한없는 걷어냄과 수정의 과정에서 기어이 '빈 그릇'이 되기를 작정하는 인간이 '어울림'의 선결 자격이었던 것이다.

언제나 내가 옳다는 믿음은 얼마나 썩어빠진 아집
인가. 타인에게 자신의 관념을 심는 일은 얼마나
끔찍한가. 그러한 자신을 흡족해한다는 건 얼마나
가련한가.

나는 단단하게 굳어가는 나를 와장창 깨버리고 싶
다. 새롭고 연약하게 시작하고 싶다. 이것이야말로 내
가 나와 사람에게 조금도 싫증을 느끼지 않을 수 있는
유일한 방법이다. 나는 이제 이 '파괴' 없이는 생에 아
무런 주체가 없다. 비우지 않으면 아무것도 채우지 못
하리라.

숨을 길게 내쉬어 본다. 그리고 생각한다. 나의 언어
와 개념과 습득을 타인 앞에서 꺼내지 않는 황홀한 순
간을. 나는 소망한다. 그저 인간을 직접적이고 순수하
게 대면하고 싶다. 이것은 물론 지난한 일이지만 그렇
다고 관둘 수도 없는 일이다. 어느 틈에 내게 돋아난 싹
을 잘라 버리고 다시 평평한 흙이 되기. 나는 살수록 결
심을 굳건히 한다. 이제 와서 그 찬란한 일을 바라도 될
것인가 싶지만. 이 결심을 거듭 유념하며 아무튼 계속
살아봐야 알 일이다. 결국 부드러운 것이 강하다.

#은혜받은 가해자

스스로의 인격을 지나치게 긍정할 때 자신은 조금씩 죽는다.
그 반대 또한 죽는다.

자기 삶이 소중하지 않은 사람은 없다. 누구든 자신
이 가해자인 것을 부정하고 싶어 한다. 누구나 자신이
피해자이고 싶어 한다. 피해가 크건 작건 그렇다. 하지
만 인간은 누구에게나 다소간의 피해를 주고받으며 살
아갈 수밖에 없다. 존재는 종종 거짓말을 한다. 나는 눈
을 감는다. 눈을 감은 나는 얼마나 더러워졌는가 천천
히 더듬는다. 나는 조금 추하다.

한때 나는 수시로 과한 피해의식과 자기 연민이라는
것들로부터 투쟁했다. 나는 내가 피해를 주는 것도, 받
는 것도 없는 순백한 인간이기를 원했다. 순백하고 명
징한 존재. 그것은 내가 희구하는 하나의 자아상이었

다. 내 자아상을 적어보자면 이렇다.

어디서나 기품 있게 행동한다. 아는 것이 많고 논리적이지만 함부로 입을 열지 않는다. 누군가 고민을 털어놓으면 오래 생각하다가 비수 같은 한 마디를 뱉고 유유히 사라진다. 무엇보다 거만하게 굴지 않는다(먼저 건들지 않는 한 그렇다는 것. 피해를 받으면 반드시 그에 상응하는 대가를 영리하게 되돌려준다. 거기에 망설임은 없다). 삶의 고단함 때문에 타인 앞에서 울음을 터트릴 일은 없다. 그러느니 차라리 혼잣말을 하거나 벽을 치는 편이 낫다. 나의 약함을 내보이는 것은 치욕이라고 생각한다. 맡은 일은 철저히 혼자 처리한다. 누구의 도움도 갈망하지 않는다. 누군가 내게 도움을 요청한다면 (경우에 따라 약간 경멸을 하지만) 웬만하면 들어준다. 언젠가 더 커다란 산이 되어 나를 덮치느니 작은 언덕 정도 될 때 내가 처리해 버리는 편이 낫다. 그 정도 능력은 항시 갖추고 산다. 멍청한 백 명보다 유능한 한 명이 낫다. 무능하고 아둔한 인간이 되기 싫어서 늘 공부를 한다. 어리석음은 죄악 중에 죄악이다. 정녕 모르는 것이 나타난다면 철판을 깔고 질문한다. 피해를 주는 인간보다 낯짝 두꺼운 인간이 차라리 유용하다. 하지만 그것은 언제까지나 나 자신에게 거듭 실망해서 이미 내 가치가 볼품없어졌다고 확신할 때이고, 그럴 일은 거의 없다. 일에 한에서만 이런 것뿐, 수더분한 면모를 잃은 것은 아니다. 그저 타인에게 티끌이 되기 싫을 뿐인 거다. 일터에서 벗어나면 행색이 자유분방하고 이따금 고독을 즐기기도 한다. 스스로 가능한 인간적이려고 분투한다. 다만 절대로 분투를 들키지 않는다. 타인에게 관대하고 나에게 엄격한 인간이 되고자 무던히 열중한다. 물론 아무에게나 관대한 것은 또 아니다. 어디까지나 나를 먼저 피곤하지 않게 하는 인격을 가진 존재에 한에서다. 그런 인간이라면 기꺼이 오래 만날 의중이 있다. 그러나 인생의 전반은 '혼자'이며 그것을 당연하다고 생각하고 억울해하지 않는다. 필경 인간에게 미련이 없다. 나는 그런 인간이 되고 싶었다. 눈빛이 살아있는 책임자, 비상한 책략가, 순백한 독립자이고 싶었다.

그러나 이것은, 내가 이른바 자아상이라 칭한 이 몽상 속 인물은, 모두 나의 우둔한 의식이 만든 환상이다. 돌이켜보면 이 갸륵한 형국은 모두 내가 자처한 것이다. 나는 홀로 순백하게 살지 못한다. 주지도 받지도 않고는 살아갈 수 없었다. 나는 지금껏 혼자 잘 살아왔다고 생각했지만 (굳이 따지자면 베풀며 사는 쪽에 가까웠다고 믿었다) 누구보다 많은 덕을 받은 사람이었다. 한 점의 피해도 주기 싫어 언행을 조심했지만, 도리어 내가 만든 허망한 세계에 규율을 위반할 수 없다는 족쇄에 묶여 전전긍긍했다. 말하자면 엄중한 자의식의 세상으로 나를 밀어버린 꼴이었다. 그곳에 인간적인 면모는 없었다.

우수가 서린 낯빛은 해괴하다. 나는 사람들과 유연하게 어울리지 못했다. 자연을 감상하지도 못했다. 사람이라면 불편했고 자연이라면 공허했다. 그런 내가 불가피하게 택할 처세는 고립밖에 없었다. 깊숙한 우물 속으로 비집고 들어가 잠시만 있다 나오기로 한 것. 그 속에서 나는 나의 고단을 증명하려 했고, 별것 아닌 일에 지나치게 소란을 떠는 나를 증오하기도 했다. 나는 세련된 옷을 입은 거지였다.

나는 겨우 지금에 이르러, 누군가에게 필연적으로 피해를 주며 살아가는 인간임을 받아들였다. 그리고 내 삶의 평화와 존엄을 영속하게 하는 일은 무엇에도 흔적을 남기지 않고 그림자처럼 사는 일이 아니라, 언젠가 받고 던져놓은 무수한 덕을 하나씩 찾아내 되돌려주는 일임을 깨달았다.

내 곁에 있는 사람들에게 나는 짐짝도 되어보고 지 팡이도 되어보고 싶다. 먼 훗날, 그 숱한 날들을 떠올리며 옅은 미소를 지을 때 나는 비로소 '내 불온한 자아상'에서 자유로우리라.

나는 존재 자체로 피해를 준다. 그러므로 내 몫은 그보다 더 많은 사랑을 나누는 일이다.

스스로의 인격을 지나치게 긍정할 때 자신은 조금씩 죽는다. 그 반대 또한 죽는다. 나는 은혜받은 가해자로 산다. 이 문장은 나에게 꽤 괜찮은 효험이 되었다. 언제까지나 나는 나라는 인간에게서 하릴없게 떨어져 나오는 허물과 스며드는 오염을 자각하고 가능한 아름다워지는 일에 정진하려 한다. 무던히, 소란하지 않게. 그러다 가끔은 소동을 피우기도 하면서. 엎치락뒤치락 살아가면서.

#갈등

소통되지 않는다는 무기력함.
그것만큼 고통스러운 게 또 있을까.

1

갈등을 겪는 인간을 관찰하는 일은 늘 흥미롭다. 갈등 중에는 그 사람의 본연의 모습이 가장 뚜렷하게 드러나기 때문이다. 이를테면 아름다움이나 놀라움, 혹은 추함과 악랄함과 야만성, 어떤 쓸쓸함과 슬픔 같은 것들이 동시에 느껴졌다. 개중에는 감정을 주체하지 못한 채 충동적으로 행동하는 인간이 있고, 명백히 잘못을 저질렀음에도 양심에 가책이 없는 인간이 있었다. 전적으로 회피를 택하는 연약한 인간이 있었고, 그냥 모두 다 내 잘못이라며 과하게 자신을 책망하는 위태로운 인간이 있었다.

2

나는 인간이 함께 행복할 때보다 갈라진 채로 괴로울 때 진면목이 나타난다고 믿는다. 평소에 감싸 두던 허물이 벗겨지고 진정의 살갗의 색이 드러날 때, 인간의 얼굴은 재미있고 흥미롭다. 그것들을 보면 인간 세상에서 필히 중요한 것은 갈등이나 괴로움을 어떻게 현명하게 정돈하는가에 달려있는 게 아닌가 싶기도 하다. 충돌과 균열을 유발하기 충분한 것들은 언제나 가까이에 있었고, 그것은 꼭 아주 사소하고 별것 아닌 일에서 불쑥불쑥 튀어나온다. 앞으로 더 자주 갈등할 순간은 무수하다.

3

갈등을 해결하는 방향에는 여러 가지가 있으리라. 이것에 명답은 없다. 사람과 상황에 따라 회피도 괜찮고 돌파도 괜찮다. 나는 갈등 상황에서 필히 어떻게 해야 하는지는 모른다. 그것은 사람에 따라 다르다. 회피를 선택했을 때는 지금 당장이 편안했고 문제를 조금 더 정돈할 시간을 벌 수 있었지만, 반대로 그 문제가 염

중처럼 곱고 되풀이되기도 했다. 돌파를 선택할 때는 문제가 질질 끌리지는 않았지만, 해결이 묘연해지면 회피보다 더 괴로웠다. 또는 감정을 더 폭발시키기도 했다. 결국 갈등은 시간과 용기가 해결했다.

4

내가 갈등 중 유일하게 경계하는 태도는 타인을 부정하고 나를 굽히지 않는 일이다. 이를테면 자존심 부리는 일이다. 나는 그때가 나 스스로가 모르는 가장 여리고 어리석은 모습을 깡그리 드러내는 심히 가여운 순간이 아닐까 생각한다. 자존심은 나 자신과 화합을 할 때만 부리는 것으로 충분하다. 타인에게 부리는 자존심은 외려 나의 내면이 형편없다는 사실을 입증하는 것이나 다름없었다. 타인을 부정해야만 자신을 긍정하는 삶은 비극적이다. 그리고 안타깝지만. 자존심이라는 격양된 얼굴 속에 숨은 연약함을 알아보는 사람은 별로 없다.

5

너는 무엇에 서운함을 느꼈나. 나는 그것을 먼저 짚으려고 숨을 가다듬는다. 그 서운함의 발원으로 파고들어가면 상대방의 연한 얼굴이 보였고, 귀엽고 뜨거운 울분이 느껴졌다. 그것들은 곧 소망이기도 했다. '나와 더 잘 지내고 싶다'는 소망. 어쩌면 단지 그것뿐. 그러나 자신을 과히 보존하고 정당화하려는 소망이 보인다면, 나는 그 사람을 더는 가까이 두지 않는다.

6

갈등 중, 내가 특히 재미있어하는 부분은 결코 양보 못할 서로의 가치관이 드러낼 때이다. 나는 인간이 이성과 의지, 환경과 책임으로 일부 변할 수 있다고 믿는 편이다. 어느 면목이 되었든 말이다. 그러나 뿌리내린 가치관은 결코 변할 수 없다. 가치관은 양보하거나 배려할 수 있는 영역이 아니다. 그것을 구분하는 지혜는 굉장히 중요하다. 가치관은 평생 간다.

7

그리하여 나는 누군가와 한 번 다투고 나면, 함께 미래로 나아갈 사람인가 이쯤에서 남겨두어야 할 사람인가를 결정하는 일이 어렵지 않았다. 관계에서 갈등은 필연적이지만 화해의 방식은 천차만별이다. 끝끝내 어떤 식으로 화해하느냐에 따라 관계는 돈독해지거나 더욱 허물어진다. 갈등은 없어서는 안 될 통찰인 것이다.

8

갈등 후에 어떤 식으로 화해를 하는가도 상당히 볼 만한 대목이다. 어떤 화해는 본질에서 벗어나 상대방을 더욱 초라하게 했다. 상대방이 원하고 바라는 것이 무엇인지 잘 모를 때가 그런 경우다. 아무튼 불편한 관계가 고조되기 전에 화해는 해야겠는데, 딱히 할 말은 없고, 상대방이 어느 맥락에서 아픔을 느꼈는지도 몰라, 그저 미안하다는 말만 반복하는 순간. 겨우 상대방을 달래는 것에 중점을 두고, 정작 고쳐야 할 것이나 받아들여야 할 것이 무엇인지도 모른 채, 얼렁뚱땅 상황을 넘기려는 순간. 내 눈에는 그것이 마치 비극의 한 장면처럼 보인다. 한 사람은 일방적인 양해를 구하는 듯했고, 다른 한 사람은 불유쾌한 체념의 파도를 정면으로 맞는 사람 같았다. 일방적인 양해를 구하는 사람의 내면은 다량의 뻔뻔함과 과한 무지로 무장해 있었고. 그 상대방은 짐짓 인자한 마음을 넓히느라 한없이 버거워 보였다. 소통되지 않는다는 무기력함. 그것만큼 고통스러운 게 또 있을까.

9

그때는 인간의 마음이 꼭 부처 수준이 되는 것 같다.

그러나 얼마 지나지 않아 내 눈에는 보였다. 전혀 강직하지 못한 중생이, 다만 위태로운 외톨이가 일그러져 보였다. 나는 본질에서 벗어난 일방적 사과를 경멸하는 편이다. 무엇이 잘못됐는지도 모르는 사람하고는 결국 할 말이 없다. 설명을 해야만 알아듣는다는 것은 아무리 설명을 해도 모른다는 말이다. 홀로 소통하는 사람은 세상에서 가장 외롭다.

10

아무튼 나는 사람과 잘 싸우지는 않는 편이다. 결국 다 무의미해 보인다. 어쩌면 사람을 잘 만나지 않아서 그럴 기회조차 적은 것일지도 모르겠지만. 감정에 지배되는 일은 적을수록 평온한 법이고, 나는 궁극적으로 사람에게 별로 화가 나지 않는다. 어차피 인간은 자기가 하고 싶은 대로 하는 법이다. 화를 내어 봤자 달라지는 건 아무것도 없고, 그것은 다만 당장의 감정을 억누르기 위한 일종의 쾌락이거나, 바로 직면하지 못하는 두려움의 파동임을 서둘러 인지하기 때문이다.

11

변화로 뻗어나가지 못하고, 혹 변화의 가능성을 발견

하는 안목도 없이, 끝끝내 불신하면서, 그저 자신의 울분과 소망을 서로에게 울부짖는 일은, 참으로 쓸데없어 보인다. 결국 둘 중 하나일 뿐이다. 다름을 받아들이거나. 훌훌 털어버리거나. 분노 표출로 상대가 바뀌기를 기대하는 마음은 어리석다.

12

나는 당장의 감정을 해소하기 위해 충동적이고 격정적인 노예가 되기는 싫다. 나는 나의 주인이다. 감정의 주인은 감정을 해소하려 들지 않는다. 그저 감정을 인지하고 바라보는 것뿐. 그리하여 깊이 사로잡히지 않고, 그 또한 나의 일부임을 알며, 그다음 일을 준비하는 것뿐이다. 여전히 해야 할 일이 많다. 나는 화낼 힘으로 일이나 하러 간다.

#우리는 이토록 서로를 모르고

늘 처음처럼 대하는 마음이 영원이 아닐까
나는 조심스레 생각한다.

1

함께 시간을 쌓아가며 서로를 알아갈수록 새로운 '너'가 발견됐다. 너의 면들은 모여 모습이 되고, 모습은 모여 같은 이름을 한 다른 얼굴이 되었다. 나는 그 한 사람의 여러 얼굴을 포갠다. 그 마음을 사랑이라고 뇌어본다.

2

함께 오랜 시간을 보낸다고 연줄이 다 오래 이어지지는 않는다. 오랜 시간 축적된 사이는 웬만큼 서로에 대해 알고 있는 듯하지만 실은 착각이다. 전부를 아는 사이란 있을 수 없다. 한 사람을 완벽히 알았다고 단정해

버리는 순간, 관계는 엉망진창이 되는 것이다. 인연의 지속은 오직 마음의 풍요에서 결정된다. 풍요는 사람이 날마다 새롭게 태어난다는 믿음으로 완성된다. 사람을 늘 처음처럼 대하는 마음이 영원이 아닐까 나는 조심스레 생각한다.

3

특별한 것 없이도 진한 여운을 나는 진심이라고 부른다. 언젠가 타인에게 행한 선함과 진심은 어떤 경로에서건 반드시 나에게 돌아온다. 돌아오지 아니해도 상관없다. 마침내 그것은 무용한 일이 아니다.

4

진실로 누군가를 사랑하는 사람에게는 구원이 있다. 설령 그 사람과 함께하지 못한다 하더라도.

5

기억은 머리에 저장되는 것이지만 추억은 가슴에서 쉼 없이 피어난다. 추억이 다채로운 사람은 더 버틸 수 있다. 그때의 자신을 다시 만나기 위해서라도. 혹 그때처럼 다시 살 수도 있으리라는 희망이 있기 때문이다.

6

나 자신으로 오롯이 기능하게 하는 사람을 만난다는 것은 과연 얼마만큼의 확률인가. 아아, 삶은 이미 충만할지도 모른다.

7

서로는 오직 솔직한 소통에서 마음에 닿는 가닥을 뻗는다. 서로는 오직 그 소통으로 끊임없이 수액을 주고받으며 저마다의 푸른 나무를 키운다. 그것은 자기 자신을 알아가는 데 분명히 기여한다.

8

종종 솔직함과 무례함을 구분하지 못하고 제멋대로 사는 인간들이 있다. 솔직함이란 '거짓이나 숨김이 없어 곧고 바르다'라는 뜻인데. 그들은 이 뜻을 자신의 모든 감정이나 속말들을 분별없이 발설하는 일이라고 이해한 듯하다. 그건 솔직한 게 아니라 물색없고 거만한 것이다. 솔직함이란 자신의 모든 생각을 있는 그대로 토해내는 게 아니라, 다만 자기 삶에 진솔한 태도를 말하는 것이다. '거짓이나 숨김이 없다' 보다는 '곧고, 바르다'라는 뒷 문장이 솔직함을 이루는 토대다. 자기 삶에 먼저 당당하면 내면은 자연스레 맑아진다. 자신의 삶을 진정으로 살고, 기꺼운 하루를 최대한 많이 만들고, 자기와의 약속을 지켜 정직하고 곧은 자부심을 기반으로 매 순간을 살아가는 것. 자기 삶을 존중하고 귀중히 여기는 것. 그렇게 되면 '마음과 몸'이 '지금 그곳에' 있게 된다. 그것이 솔직하다는 상태의 본질이다. 자기 삶을 하찮게 여기는 사람은 누구도 존중하지 못하고, 누구도 존중하지 못하는 사람은 누구에게도 솔직하지 못한다. 타인을 향한 존중은 곧 자기 삶을 대하는 태도에서 결정된다. 자기 삶에 꾸밈이 없는 것이 솔직함의 근원이고, 그래야만 누군가와 온전히 소통하고 함께 살아갈 수 있다.

9

잡생각과 걱정, 근심에 뒤숭숭한 사람은 일분일초를 지루해하기 바쁘다. 자신을 홀대하는 일에 모든 기운을 다 쓰는 사람의 하루는 짧다.

10

굳이 나를 끄집어내지 않아도 나를 들여다보는 능력이 있는 사람이 있다. 그런 사람과의 만남은 깊은 평정을 준다. 그때는 남 아닌 우리에게 집중할 수 있어서 더할 나위 없이 좋다. 굳이 남들 얘기를 끌어와 대화를 이어 나가지 않아도 풍성한 이야기들이 물결처럼 굽이친다. 그 중심에는 '수없이 서로를 궁금해하는 마음'이 모닥불처럼 뭉근하다. 적잖이 식을 법도 한 관계 사이를 꾸준하고 자세하게 데우는 열기는 삶을 위로한다. 익숙한 서로를 잇달아 궁금해하려면 '감사함' 말고는 아무 방법이 없다. '감사함'이라는 마음은 인간이 일상적으로 행할 수 있는 가장 아름다운 혁명이다.

11

인간관계에서 종종 간과하는 게 있다면 바로 '소통'이다. 소통 없이 관계가 지속된다고 믿는 마음은 게으르고 잔인하다. 관계는 대단히 특별하고 거창한 것으로 이어지는 게 아니다. 가장 먼저 간과하는 소통이 있다면 바로 '선의'다. 선의도 소통을 해야 된다. 분명한 소통이 안 된 선의는 불성실하다. 자신의 선의가 상대방에게도 똑같이 기쁠 것이라는 믿음은 자기중심적이며 권위적이다.

12

누군가와 어떤 시절을 함께한다는 건. 거듭 안녕하다는 건. 끊임없이 새로운 세계를 발견한다는 건. 한 발한 발, 그 세계와 물들어가는 나를 좋아하는 일이다. 그렇게 '너와 나'에서 '우리'가 되는 순간은 마치 미지의 땅을 여행하는 일과 같다. '우리'는 다소 무모한 여행이 될수도 있다. 그러나 여행의 진미는 그지없이 즐겁고 설레고 행복한 것만이 아님을 우리는 안다. 목적지까지가기 위해 기꺼이 노곤함을 감수하고, 예기치 못한 곳에서 생각지도 못한 어떤 일을 겪고, 기대했던 장소에서 실망도 하고, 곤혹스러운 상황을 어떻게든 해결하고, 순간순간의 감정을 다독이는 '새로운 자신'이 차츰차츰 쌓여가는 것. 조금 지난 뒤에 의미 있는 것들을 발견하고, 대뜸 낭만적이고, 불현듯 밀려난 시간들을 회복시키면서 살만한 힘을 얻는 것. 그것들이 모두 '우리'라는 여행에 포함된 여정임을 우리는 알고 있다.

13

나는 그렇게 끝없이 우리라는 미지의 땅을 여행하듯살고 싶다. '우리'는 좌충우돌해서 다채롭고, 무질서해서 자유롭고, 꾸밈이 없어 근사하다. 앳되던 얼굴이 세월이라는 풍파를 만나 서서히 변해가면서도, 같은 나이대에서 느낄 수 있는 삶의 정서만은 오롯하니 그것으로 좋다. 나는 종종 나의 모든 계절에 있는 사람들이 경이롭다.

14

나는 감히 확신하련다. 인간은 단 몇몇의 사람을 만나려고 우연히 이곳에 태어난 것이다. 나의 고유한 존재를 그 자체로 바라보는 몇몇의 사람을 만나기 위해. 부족한 부분을 채워주고. 부족한 부분을 보고도 모르는 척 웃기도 하고. 덜 아픈 사람이 더 아픈 사람을 살게 하고. 그 반대가 되기도 하면서.

#소망들

고층 빌딩의 야경보다 들에서 뛰는 개의 모습을 보며
행복해하는 사람이 좋다.

횡단보도에서 휴대폰을 보지 않는 사람이 좋다. 그
짧지만 긴, 기다림의 시간을 향유하는 사람. 지나가는
도롯가의 차들을, 일상적 움직임을, 고독한 잿빛의 눈
으로, 늘 무언가 느끼려는 사람인 것처럼 길이 응시하
는 사람을. 그 유약하고 강직한 성정이 좋다. 그런 사
람을 만나고 싶다. 절대적으로 혼자서 세상에 뛰어드
는 사람을.

비행기 맨 뒷자리에 앉는 사람이 좋다. 좁고 기다란
통로 사이를 불편하게 걸어 들어가는 두 다리. 조심스

러운 한 발 한 발. 그리하여 마침내 앉은자리에서 등 뒤에 아무 사람이 없음을 확인하고 안도감을 느끼는 것. 창밖에 하염없이 떠다니는 구름들의 무한한 포근함을 보며 구름의 색채를 닮아가는 사람. 눈으로 하는 뿌연 포옹. 색채 없는 친절함. 언젠가 비행기 맨 뒷줄 창가에 기댄 사람의 동공을 오래 바라보고 싶다. 그 사람은 아마 숨통이 좁아 눈으로 숨 쉬는 사람일 것이다.

고층 빌딩의 야경보다 들에서 뛰는 개의 모습을 보며 행복해하는 사람이 좋다. 도회의 불빛은 찬란도 하지만, 자연과 생명의 약동을 더 사랑하는 사람이 좋다. 자연과 동화되어 사는 사람은 내 주변에 안타깝게도 흔치 않다. 내 지인들은 대부분 도시 사람이다. 마음에도 도시가 있다. 그러나 하루라도 흙냄새를 맡지 않으면 나는 살 수가 없다. 그리하여 나는 여러모로 종종 외롭고 분방하다.

결국 흙으로 돌아가는 삶. 나는 흙이 좋다. 언젠가 콘크리트와 절연하고 나무와 흙과 가까이 살고 싶다. 나부끼는 온갖 산천의 움직임 속에서 속박 없이 자유로운 사람과 늙고 싶다. 들녘이 있는 집에서 멀리 보며 살고 싶다. 노란 나비가 나풀거리며 주위를 맴돈다면. 이건 환상이 아니라고 말하면서. 하얗게 뜨는 태양보다 노름하게 지는 노을을 보며 살 사람이 곁에 있다면. 저물고 사라지는 것에 더 아름다움을 느끼며 끝이 곧 시작이라고 말할 수 있다면. 삶은 겨우 빛날 뿐이고 본래 엷은 것이라고. 하지만 그게 절망은 아니라고 말하면서. 나는 눈 감고 싶다.

밤이 금방 왔다. 길 위에 혼자 서 있다. 이곳은 너무 춥다. 곧 나는 후드득 얼굴을 적시는 싸락눈의 망실을 맞으며 서 있을 것이다. 살포시 내려앉아 지닌 냉기를 천천히 전달하고 사라지는 것들을 맞으며. 내가 살아 있음을 더욱 절실히 확인한 그런 밤. 가끔은 눈 떴을 때 곁에 사람 한 명 누워있었으면. 몸을 돌렸을 때 허공이 아니었으면. 내 팔다리가 다시 침대 위로 툭, 떨어지지 않았으면. 반쯤 감긴 내 눈에 비추는 게 벽이 아니라면. 나는 다시 눈을 뜨지 않을까. 그대로 감아버리기 싫지 않을까.

#회상

결국 나는 혼자 잘 지내서 함께 살고 싶은 것이다.

    이따금 과거의 사람들과 연을 맺었던 나를 회상한다. 내 삶에 분명하게 존재했고, 이내 흐릿하게 사라진 사람들을. 그리고 나를. 이 행위는 그들이 다시 보고 싶다거나 그리워서가 아니다. 사람이 아니라 만남의 순간을 나는 생각한다. 우연과 인연 사이의 거리를 끌어당기고 밀어내는 인력에 대해. 서로가 우연히 교감 되는 찰나의 소통에 대해. 나의 성정. 그 사람의 성정이 우연히 연결되고 결정되는 그 신비로움을. 무수히 오랜 시간을 보냈음에도 끝내 멀어지는 사람과, 두어 번 스쳤을 뿐인데도 순간의 온기가 뭉근하게 남아 한결같이 이어지는 사람. 그 둘의 차이와 같음에 대해 생각한다.

나는 먼저 끝내 멀어진 사람들을 생각한다. 그들과 내가 갈라질 수밖에 없었던 그 '무언가'를. 그것은 분명 나에게 있다. 물론 그 '무언가'는 사람에 따라 '아무것도 아닌' 게 되기도 할 것이다. 나를 느끼는 상대방에 따라 나는 달라진다. 나는 그 '느낌'에 간섭할 수 없다. 하지만 어느 정도는 나 스스로를 검열해서 그 '무언가'를 발견할 수 있는 것도 사실이다. 그것은 대체 무엇이란 말인가. 나의 결함은 무엇인가. 이것은 특히 '자연스럽게' 멀어진 경우에는 더더욱 생각해야 한다. '자연스럽게'라는 것은 부재의 통증을 추스르기 위해 생각이 개발해낸 묘책일 뿐. 사람은 결국 마음이 멀어져서 멀어지는 것이다. 그 마음은 무엇일까. 그 내핵이 궁금하다. 도무지 견딜 수 없었던 열기. 그것은 분명 내 속에 있다. 끝내 멀어진 사람들을 회상할 때 얻는 것은 '나는 참 부족한 인간이다'라는 문장이다. 상대방이 진정으로 원하는 것을 헤아리지 못하는 인간 말이다.

이윽고 나는 내 곁에 남은 사람들을 생각한다. 여전히 내 삶에 존재하는 사람들. 그들도 마찬가지로 내 '무언가'를 좋아하고 애정하기에 아직 내 곁에 남아 있다. 물론 이 사람들 중에는 '만남'그 자체가 목적인 사람들도 있고, 내 '존재' 자체를 사랑하는 고마운 사람들도 있다. 그러나 나는 알고만 싶다. 그보다 더 근본적으로 나란 인간을 신의하기로 결정지은 무언가를. 도대체 나라는 인간의 무엇이 좋은 것인가. 내 존재가 그들에게 무엇을 줄 수 있거나, 될 수 있는가. 내가 은연중에 표현하는 나는 누구인가. 그런 나는 어디서 오는가. 우리는 어디서 교감하는가. 나는 그런 것들을 생각한다. 고즈넉하게 아른거리는 이 행위는 마음을 뭉클뭉클 솟아나게 한다. 나는 이 온기가 좋다. 비록 불가해하지만 좋다. 이 온기를 더 데우고 싶다. 그것이 내 곁에 있는 사람들에게 내가 해야 할 최소한의 자격이자 도리이고 예의다.

내 곁에 남은 사람들을 회상하고 얻는 것은 '나는 나에게 강박적이다'라는 문장이다. 그렇다. 나는 나에게 집착한다. 내가 나 자신을 어떻게 보는가. 과연 직면하고 있는가. 나와 잘 지낼 수 있는 방법이 무엇인가. 시간 지나 그 방법이 소진되었을 때 다시 찾아 나설 수 있는 의지는 어디서 얻는가. 그리하여 어떤 용기를 낼 수 있는가. 어떤 행복한 얼굴을 지을 수 있는가. '나를 위함'이 나만의 이기적 충족으로 귀결되지 않을 수 있는

가. 나를 회복시키고 견디는 방법을 잘 간직할 수 있는가. 그것으로 진실된 소통을 할 수 있는가. 나 스스로를 제외한 가장 단단한 기둥은 무엇인가. 고립된 상태에서 할 수 있는 이타적 결심은 무엇인가. 사람이 사람과 만나는 동안 할 수 있는 가장 아름다운 사유는 무엇인가.

나는 여전히 이것들에 답을 잘 모른다. 그래서 나는 홀로 회상한다. 아니, 해야만 한다. 그것이 곧 나의 균열과 오류를 찾는 일이며, 나의 균열과 오류들은 많이 알아둘수록 좋은 법이다. 조금은 덜 어리석거나, 조금 더 표현할 수 있기 때문이다. 같은 실수로 또 다른 사람과 나 자신을 잃을 수야 없다. 결국 나는 혼자 잘 지내서 함께 살고 싶은 것이다.

떠올린다. 나에 대해. 너에 대해. 다가옴에 대해. 떨림에 대해. 떨어짐에 대해. 떠남에 대해. 그리고 조금만 가만히 있는다. 여전히 살아갈 날들이 남아 있다는 사실이 안도감으로 다가올 때까지.

#우연한 전율

사람이 사람을 처음 사귈 때, 그 불편한 긴장만큼
나와 내 삶이 새로운 세계에 발을 들인다는 확신의 느낌.

민현이 명절이라며 동두천에 왔다. 편의상 그를 '민'
이라고 하겠다. 민은 고교 시절 만난 친구다. 민은 몇
달 전 강남에 있는 회사에 취업해서 지금은 신림동에
산다. 군대 대신 취업한 것이다. 치열하게 공부를 한
만큼의 보상이다. 꼼짝없이 회사에 발이 묶여야 하지
만 군대보다는 나을 것이다. 그러나 삶의 끝없는 도약
을 갈구하는 민은 어딘가 정체되어 있는 듯한 자신에게
이따금 권태를 느낀다. 나는 "우리 나이에 그 정도도 이
루기가 얼마나 힘든데"라고 민에게 위로 아닌 말을 한
다. 하지만 민은 자신의 고단함을 위로받을 때보다, 자
신이 기어코 이루어낸 반짝이는 삶이 인정받을 때 더
행복해하는 사람이다. 민은 "빨리 회사를 차리고 싶다"

는 말을 자주 한다.

나는 민의 그런 굳건한 정신을 좋아한다. 마음은 아
닌데 몸은 자꾸만 안정을 추구하는 나는 은밀히 민의
진취적인 정신을 부러워한다. 그러나 한편으로는 민이
지금까지의 삶을 조금 토닥여주기를 바라는 것도 사실
이다. 그게 때로는 더 큰 도약이 되기도 하니 말이다.

며칠 전에는 대출을 받아 전셋집으로 옮긴다는 소식
을 들려주었다. 나는 '우리가 벌써 전셋집을 알아볼 때
가 되었던가?' 하는 생각에 놀랐다. 새삼 삶의 책임과 하
중을 실감하고 있는 민의 행보에 나는 마음이 슬펐다.
물론 민은 그 무게감을 삶이 진전된다는 사실로 여기
고 내심 만족해할 것이다. 나는 그런 민을 보고 배운다.

민과 나는 주차장에서 처음 만났다. 고등학교 첫 등
굣길이었다. 입학의 설렘은 없었다. 나는 그저 기분 나
쁜 긴장으로 바짝 예민해서 있었다. 이곳에서 다시 어
떻게 사람과 어울려야 할까. 뭐 그런 막막한 생각들 뿐
이었다. 나는 불현듯 중학생 시절 겨우 친구 관계를 맺
었던 일련의 과정을 떠올렸다. 망연히 복도를 걷고 있

는데 별안간 재미있는 일이 있다며 일면식도 없는 나를 끌고 간 한 발랄한 친구로 하여금 수많은 친구들과 만났었지. 지금도 뚜렷이 기억난다. 그때 나는 불편해하면서도 웃고 있었다. 그런데 고등학교에서 그런 일이 일어날 확률은 낮을 것이었다. '중'에서 '고'로 올라가는 별것 아닌 수식에도 누군가는 진지하게 미래를 준비할 것이었고, 시답잖은 재밋거리에 처음 보는 사람을 끌고 가는 천진난만한 사람은 어쩐지 이곳에 없을 듯했다. 그리고 이미 나는 '재미있는 일' 따위에 별 흥미가 없었다.

친구 없는 학교생활은 지루한 지옥이나 다름없다. 한 동네에서 초중고를 전부 다니면 같은 학교로 입학하는 친구를 한두 명은 만나기 마련인데, 나는 어쩌다 보니 중학교 때 긴 시간을 함께했던 친구들과 모두 멀어졌다. 딱히 억울한 일은 아니었다. 나 혼자만 내신이 부족했던 탓이었다. 그 친구들은 학교가 멀어짐과 동시에 모두 사라졌다. 그들은 모두 가짜 친구였으니까. 그래서 나는 고등학교 입학으로 하여금 삶이 완전히 새롭게 시작된다는 것과 다름없는 기분을 느끼고 있었다. 사람을 어떻게 사귈까. 아무래도 먼저 말을 걸어보는 게 상

책이겠지. 아, 말을 선제공격해야 한다니…. 절망적이다! 이리 되뇌면서 나는 아침을 걷고 있었다. 하늘에 구름이 하얀 물감을 튕긴 것처럼 군데군데 점 찍혀 있었다. 볕은 없었다. 학교는 조금씩 가까워져 왔다.

학교에 거의 다다를 때쯤, 누군가 나를 불렀다. 소리는 멀었는데, 이름만은 아주 선명히 들렸다. 이름이라는 부름은 새삼 엄청난 힘이로구나 싶었다. 돌아보니 넉살 좋은 b가 담배를 같이 피우자며 나를 부른 것이었다(b는 초등학생 때 알던 사이다. 그리 친하지는 않지만 굳이 피할 필요도 없는 사람이었다). 고등학생 때 나는 담배를 피웠다. 절대 자랑은 아니다. 담배는 태권도 도장 선배에게서 구하곤 했다. 후락한 시골에서 담배는 '어울림'의 중요한 축이었다. 미성년자의 흡연은 법에 어긋나는 일이지만, 그것은 우리들에게 그저 선택의 문제일 뿐이었다. 금지의 영역에서 벗어난 지는 이미 오래였다. 대다수 친구들이 담배를 피울 때 어떤 이유에선가 나는 그것을 거부할 수 없었다. 미성년자의 윤리는 외톨이가 될 것을 각오할 만큼 견고하지 못하다. 나는 중학교 2학년 어느 날, 태권도장 계단에서 처음 담배를 배웠다. 자연스러운 일이었다. 그렇다고 길

바닥에서 막 피워댄 것은 아니다. 주로 주차장, 거의 쓰러져가는 건물 구석, 옥상, 뭐 그런 일정 장소에서만 피웠다. 담배는 1층 밑에나 위 소화전에 넣어두었다. 나름 치밀했지만 엄마는 애초에 다 알았다고 했다. 아무튼 b의 부름에 나는 주차장으로 갔다. 불편했지만 그때 나는 거절하는 방법을 몰랐다. 민은 그곳에 있었다.

민은 마르고 약간 가무잡잡했다. 키는 나보다 조금 큰데 눈높이는 얼추 비슷했다. 말수는 적은 듯 보였다. 입고 있던 패딩의 색깔은 아무런 위화감이 없었다. 나는 사람에게 기본적으로 별 관심이 없어 b가 민을 소개하는 와중에도 적당히 무미건조했다. 그저 빠르게 담배를 피우고 모르는 사람들로 바글바글한 이 답답한 공간을 빠져나오고 싶다는 심정뿐이었다. 민도 내게 큰 관심은 없어 보였다. 그런데 나는 민에게 어딘가 끌리는 부분이 있었다. 그 끌림은 미약했지만 분명한 것이었다. 모습은 양아치 같지 않았는데 담배는 피웠다. 나는 그 괴리가 흥미로웠다. 특히 웃을 때의 표정이 부러울 만큼 자연스럽고 근사했다. 웃음소리는 천박함과 멀었다. 민은 분명 나와 같은 나이인데도 어딘가 성숙함을 풍겼다. 나는 예나 지금이나 어른스러워 보이는 사람에게 이끌린다. 얼굴에는 얼핏 고독감이 엿보였고 내면은 갑옷으로 무장한 듯 단단해 보였다. 거기서 나는 민이 궁금해졌다. 물론 그저 궁금함에만 그쳤다. 이윽고 나는 적당히 흥미를 걷어내고 이만 삼엄하고 낯선 학교로 발걸음을 옮기려던 참이었다. 그런데 이게 무슨 일인가. 민이 나와 같은 반, 심지어 내 바로 앞자리에 앉는 게 아닌가. 나는 그 순간 확신했다. 마음이 놓인다는 확신. 이 사람과 친구가 돼야겠다는, 설명될 수 없는 아주 강력하고 따스한 기운이 느껴졌다. 우연의 매혹이었다.

나는 별안간 용기가 샘솟아 민에게 말을 붙였다. 그것은 내 삶에서 거의 처음 있는 일이었다. 나는 화장실에서 소변보고 있는 민 옆으로 서슴없이 가서 말을 걸었다. 같이 담배 피우러 가자고. 민은 처음에는 조금 당황해하는가 싶더니 (나중에 물었더니 깜짝 놀랐다고, 목소리가 너무 음습해서) 조금씩 말을 이었다. 내가 민의 뒷자리에 앉은 게 복이었다. 그날 나는 민이 나와 같은 동네에, 심지어 몇 발자국 뒤에 있는 아파트에 살고 있다는 사실을 알았다. 그 후로 나는 매일같이 민과 만나 시간을 보냈다. 집으로 가는 길에 함께했고, 아침에 등교할 때도 함께였다. 저녁에는 집 앞 놀이터에서 하염없이 긴 대화를 하기도 했다. 민과 얘기만 시작하면 시간은 늘 훌쩍 지나가 있었다. 그리고 민은 지금까지 내 삶에 귀중한 존재로 함께하고 있다.

민을 만나면 옛 추억보다 앞으로의 이야기를 더 많이 해서 좋다. 함께한 과거보다 (혹시 서로가 없을 수도 있는) 미래를 더 많이 이야기할 때는 서로에게 단단한 확신이 생긴다. 각자의 자리에서 그 미래를 상상함으로써 나는 유연하게 버티는 힘을 나눠 가진다.

민과 인연을 맺게 된 경로를 생각하면 나는 전율한다. 이따금 황량한 인생을 여전히 단념하지 못하는 이유는 인연이라는 신비로운 선물이 어느 날 나도 모르게 찾아올 수 있다는 아득한 설렘 때문일 것이다. 물론 찾아올 수도, 안 올 수도 있다. 그리고 그런 건 하나도 중요한 게 아니다. 중요한 것은 그 누구도 미래를 알 수 없다는 것이다. 그렇다. 모르기 때문에, 인간은 살 수 있다.

앞으로 만나게 될 사람을 상상하면 적잖이 두려운 것도 사실이다. 어떤 무례한 인간이 나를 송두리째 흔들지 모르는 일이다. 순수하게 누군가를 만난다는 건 나이가 찰수록 힘겨운 일이다. 그러나 나는 이제 안다. 사람이 사람을 처음 사귈 때, 그 불편한 긴장만큼 나와 내 삶이 새로운 세계에 발을 들인다는 확신의 느낌을. 그리하여 사람을 보는 내 안목이 높아지고, 그 새로운 세계가 어떻든 나는 한결 나은 인간이 된다는 것을. 그날 주차장을 걸어갈 때의 내 불편한 걸음처럼. 앞자리에 앉은 민에게 말을 붙이기로 한 결심처럼. 궁금하지 않은 듯 자꾸 궁금한 그 끌림처럼. 삶은 그리하여 조금씩 환하게 열릴 것을 말이다. 민은 앞으로도 나에게 특별한 전율일 것이다. 우리는 불편하게 만나서 오래간다.

명절이나 연말마다, 민은 동두천으로 온다. 민이 동두천으로 오면 나는 민과 몇 시간 동안 집 앞 벤치에 앉아서 수다를 떨거나, 간단히 맥주를 마시러 간다. 약속처럼 그렇다. 담배 하나를 피우러 만나도 기본 2시간이 훌쩍 지난다. 뭔 말을 하는지도 모른다. 다만 분명한 여운이 남는다. 그저 우리는 서로의 삶을 넘나들며 하염없이 흐른다. 그 무아경의 시간 동안 나는 내 삶을 반성하고, 새롭게 배우고, 건설하고, 사랑하게 된다. 우리는 그렇게 서로의 미래를 만들며 밤을 보낸다.

#썩 괜찮은 태도

남을 대하는 나의 태도가 곧 나를 비추는 거울이라고
생각하면, 쉽게 쓸려가지 않는 깊은 평정이 물결쳐왔다.

배가 고파 잠이 오질 않았다. 배부름은 마치 어떤 기회처럼 금방 사라진다. 잠이 들고 싶었다. 정신이 잠에 세계에 안착하면 나는 수더분하고 뭉툭한 사람이 된다. 웬만한 충격과 통증을 흡수하는 나를 발견할 때 나는 기쁘다. 그러나 안락은 쉽게 오지 않는다. 모든 안락은 인고를 거쳐야 하는 법이다.

그 밤을 기억한다. 그 밤에는 달리기를 하고, 따듯한 물로 샤워하고, 기형도를 읽고, 캐모마일 차를 마시고, 히사이시 조 앨범을 틀었다. 본격적인 잠자리에 들기 전, 커튼까지 쳐서 주위를 온통 암흑으로 만들었다. 손바닥을 눈앞에 가져다 대도 기척이 모호한 최고의 환경이었다. 그러나 정신은 어딘가 밝은 곳에 분리되어 있었다. 내 정신머리는 다섯 난 애처럼 심술을 부렸다. 나는 아직도 내 정신을 달래는 방법을 모르겠다. 어떻게든 질질 끌어다 놓을 수는 있겠지만. 그건 더욱 내 정신을 반항하게 한다. 운동, 책, 따듯한 물과 암흑, 모두 무용지물인 듯했다. 잠들기 위한 온갖 상식을 실행에 옮겼지만 처참히 실패한 새벽 4시. 침대에서 뒤척이는 게 더는 불필요하다고 느끼는 중이었다. 나는 문득 내일의 내가 피곤에 절어 어떻게 된다고 해도 내일은 내일의 나에게나 맡기자는 생각이 들었다.

별안간 위장이 쪼그라드는 소리가 들린다. 공복은 분명한 육체의 고통이다. 그것도 아주 직설적이고 순수한 고통. 불규칙한 요동이 사방으로 흩어지다가 다시 모여들었다. 나는 뱃속에서 일어나는 일들을 찬찬히 가늠한다. 그것은 일종의 투쟁이다. 절연된 시간 속에서 누군가 격렬한 연주를 벌이고 있다. 그는 현악기 같다가도 타악기 같은 것으로 열심히 곳곳을 문지르고 두드린다. 나는 몸의 신호를 느낀다. 이제 한계다, 싶었고. 나는 침대에서 도망치듯이 빠져나왔다. 인간은 고통이 고통인 줄도 모르고 오랫동안 방치하기도 하는 우둔한 동물이구나…… . 생각하면서.

　국밥을 먹으러 갔다. 4시 10분쯤이었다. 늦은 새벽
인데 가게 안이 제법 북적였다. 이곳은 24시간 국밥을
파는 곳이라 언제나 사람들이 있다. 새벽 시간에도 이
곳은 살찐 돼지처럼 얼큰하게 부풀어 있다. 나는 사람
없는 구석으로 기어들어가 소고기국밥 하나를 주문했
다. 처음 보는 아주머니가 서빙을 했다. 아주머니는 다
소 어눌해 보였다. 우선 일을 하기에는 입은 옷이 너무
산뜻하다. 하얀색 후드티였다. 국밥집 서빙 일에 하얀
색 후드티를 입은 아주머니는 생소했다. 세상에는 무
슨 일을 시켜도 가뿐하게 해결할 것 같은 중년 여자가
있는데, 반대로 앞치마를 입은 모습조차 어색해 보이는
중년 여자가 있다. 내가 본 아주머니는 후자였다. 예상
컨대 피치 못할 사정으로 일을 하시는 분 같았다. 나는
이런 것을 아주 짧은 시간에 직감적으로 느끼곤 한다.

　내가 주문을 함과 동시에 손님들이 쏟아지듯 들어왔
다. 인파는 산을 깎는 거대한 급류 같았다. 열댓 명 정
도였다. 빨간색, 형광색 조끼를 걸친 중년 남자들이다.
딱 봐도 몸으로 노동을 하는 사람들 같았다. 가게 안은

삽시간에 왁자해졌다. 중년 남자들의 숨이 차올라 주위가 조금 더 벌겋게 물들었다. 소주와 펄펄 끓는 국물을 넘기는 아저씨들의 목울대가 울렁거렸다. 아주머니는 분주하게 돌아다녔다. 하얀 후드티의 모자 부분이 덜렁거렸다. 어디서든 고난은 갑작스레 찾아오나 보다. 나는 그분들을 관찰하느라 잠시 배고픔도 잊고 있었다. 시골에서 사람을 관찰하는 일은 다소 애처롭긴 하지만 역시 흥미로운 일이다.

그런데 문득 삼십 분 넘게 국밥이 나오지 않고 있었다. 이제는 정말 나올 때가 됐다 싶었는데도 무소식이었다. 나는 시계와 아주머니 얼굴을 번갈아 바라봤다. 아주머니의 동공은 지리멸렬했다. 의식이 사방으로 흩어진 표정이었다. 단체 손님의 쏟아지는 주문을 깡그리 흡수하는 사람의 얼굴은 급급함으로 축 처진다. 나는 찔끔찔끔 물을 반 통이나 비웠다. 이제는 정말 안 되겠다 싶어 벨을 눌러 주문이 잘 들어갔냐고 확인하려 했다.

그때 아주머니와 눈이 마주쳤다. 아주머니는 순간적으로 얼굴이 일그러졌다. 한탄이 서린 표정이었다. 아주머니는 고개를 미세하게 떨구고 내 쪽으로 다가와 "혹시 주문하셨나요?"라고 조심스레 물었다. 가늘게 떨리는 어투였다. 나는 공기를 잔뜩 머금은 쇠한 소리로 "아… 저 30분 동안 기다렸어요"라고 말했다. 뱃속이 허해서 목소리가 잘 나오지 않았다.

아주머니는 죄송하다는 말과 함께 거의 몸을 반으로 숙였다. 나는 외려 불편해졌다. "너무 죄송합니다, 최대한 빨리 만들어 드릴게요" 이렇게 말하며 아주머니는 주방으로 뛰어 들어갔다. 나는 그 모습이 도리어 애처로웠다. 나는 전혀 분노하지 않았다. 그때 내가 느낀 것은 일종의 슬픔이나 체념 같은 것이었다. 시간은 4시 50분 정도를 가리키고 있었다. '말썽을 부릴 생각은 추호도 없습니다. 그저 음식을 빨리 주시면 고맙겠습니다' 나는 속으로만 말했다. 육성으로 말하지 않은 것은 잘한 일이라고 생각했다.

나는 물론 나의 손해를 어필할 수도 있었다. 하지만 이미 벌어진 일에 소란을 떨고, 타인의 실수를 질책하며 나의 손해를 드러낸들, 그게 다 무슨 의미인가 싶어 그만두었다. 그렇다고 국밥이 빨리 나오는 것도 아니고 말이다. 그건 오히려 이상한 국밥이 나올 확률을 높이는 셈이다. 인간은 참으로 간사해서, 자신의 실수를 자각하고 타인에게 미안해하면서도, 상대방이 그 일에 필요 이상으로 분개하고 지랄을 떨어대면, 도리어 그 실수의 책임으로부터 스스로 벗어나 갑의 입장에 서고자 한다. 그래서 이럴 때 나는 오히려 관대함을 넓힌다. 관대한 기색을 보임으로써 상대방은 쉽게 자신의 책임으로부터 벗어날 수 없게 되고, 나를 경멸하지 않게 되는 것이다. 물론 애초에 자기 실수를 인정하지 않는 인간도 있는데, 그런 인간은 상대해 봐야 어차피 부질없다. 인간은 자신의 실수나 잘못을 스스로 명백히 알아도, 그것을 남에 입에서 들으면 결코 인정하려 들지 않는 특성을 갖고 있기 때문이다.

또 나는 내가 받은 만큼의 피해를 대등하게 되갚아주는 일이 마음의 평온으로 닿지 않음을 안다. 그 행위는 도리어 그 억울함과 화를 고스란히 나에게 돌려 닦아낼 수 없는 혼적을 남기도록 자처하는 일이다. 그러나 때로는 명백한 나의 억울함을 주장하기도 해 버릇해야 하는데, 나는 그런 것을 참으로 못하는 물렁한 인간이로구나 싶기도 했다. 세상은 그 두 가지를 상황에 따라 어떻게 조율하는가에 따라 달린 게 아닌가. 문득 그런 생각을 했다. 손해를 주장해야 하는 상황. 그런 정서를 가져야 할 때는 어떤 경우인가. 그것은 아마도 누군가를 지켜야 할 때일 것이다. 내가 사랑하는 사람을 지켜야 할 때 나는 기를 쓰고 내 사람 편에 서서 용감하게 맞서 싸워줄 것이다. 그러나 이 경우는 아니다. 나는 적당히 손해 보고 사는 게 편하고 좋다.

삶에서 중요한 것은 벌어진 상황을 잘 받아들이는 것뿐이다. 받아들이고서 흥분하지 않는 것이다. 받아들이지 못하는 마음은 순전히 내 마음의 울분일 것이다. 내게 실수를 한 사람이 어떤 마음을 가지고 있든, 그게 다 무슨 소용인가. 정말로 미안한 마음인지, 적당히 얼버무리고 무마하려는 몰염치한 액션인지, 나는 알 턱이 없다. 타인의 마음에 내가 할 수 있는 일은 없다. '진정성'이란 말은 참으로 웃긴 말이다. 타인의 진정성은 말이나 표정이 아니라 오직 행동으로만 알 수 있는 것이다. 그리고 나는 나를 위해 결정지을 수 있었다. 남을 대하는 나의 태도가 곧 나를 비추는 거울이라고 생각하면, 쉽게 쓸려가지 않는 깊은 평정이 물결쳐왔다.

아주머니가 쭈뼛한 얼굴로 콜라 한 캔을 주셨다. 뚱뚱하고 차가운 콜라였다. 나는 아주머니의 진정성이 깃든 콜라를 아주 감사하게 마셨다. 국밥은 정확히 4시 55분에 나왔다. 팔팔 끓여서 나왔고, 어쩐지 건더기도 조금 더 들은 듯했다. 나는 빠르게 국밥을 먹어 치웠다. 어쩌다 오래 기다린 만큼 맛은 깊고 풍요로웠다. 한 숟갈 넘길 때마다 뱃속이 따뜻해졌다. 다 먹고 나가려는데 아주머니가 문밖까지 나와 인사했다. "괜찮습니다. 감사합니다. 고생하세요" 나는 말했다. 나는 정말 아무렇지도 않았다. 공복감은 완벽히 사라졌고, 공짜로 콜라까지 먹었다. 더할 나위 없었다.

사람은 누구나 실수를 한다. 그러나 그 사람의 인간성은 실수 그 자체에 있지 않다. 인간성은 그 실수를 어떻게 받아들이고 대처하고 수습하고 행동하느냐에 따라 여실히 드러나는 것이다. 내가 느끼기에 아주머니는 자신이 할 수 있는 최고의 행동을 했다. 거기다 대고 나의 감정을 표출하는 것은 결국 나 자신을 해치는 일이다. 삶의 어떤 순간에도 배울 것은 있다. 근래 먹은 최고의 한 끼였다.

#연초에

삶이라는 고통의 한복판에서
우리가 서로에게 무엇이 될 수 있다면.

　

최근 친구들과 오래 만나지 못했다. 만남을 자주 가지지 못하리라는 것은 오래전부터 예상했던 일이었다. 어쩌다 보니 나이를 먹어 부쩍 바쁜 탓이고, 남자애들의 관계가 으레 그렇듯 다소 식상하고 자연스러운 까닭들이 그 뒤를 잇는다. 일하느라 시간이 없고, 어쩌다 시간이 비어도 거리가 멀고, 갑작스레 만나자니 귀찮고, 그렇게 조금씩 흘러가다 우리는 '연초'라는 꽤 괜찮은 명분으로 만남을 가졌다. 연초에 당도해서야 만남을 가진 우리를 나는 애석하게 생각하지 않는다.

만난 친구들은 여전하다. 그러나 아주 미세하게 다르

다. 난생처음 보는 옷이나 신발, 잘 어울리는 듯하면서 이상해 보이는 안경, 조금 퀭한 눈빛, 못 보던 표정, 언젠가 화두가 될 것을 예상했지만 막상 들으니 묘하게 서글픈 한탄의 말들, 사회생활의 고단함, 전세, 취업, 돈, 애인, 당면한 날들의 피로, 뜻밖의 행복 같은 것들. 우리는 그런 나날의 체험들을 공유한다. 그곳에서 나는 우리가 참으로 다르면서도 포기하지 않고 서로를 품으려는 시도의 아름다움을 느낀다. 나는 이 미세한 다름이 좋다.

회사 생활을 하는 민현은 퇴근 시간 서울 지하철의 비극을 토로했다. 하루는 사람이 미어터지는 바람에 지하철을 두 대나 보냈다고 했다. 지하철 앞에서 체념하는 친구의 얼굴이 그려져 나는 피식 웃었다. 나도 종종 서울에서 지하철에 끼인 적이 있었다. 손가락조차 함부로 움직이지 못할 정도로 갑갑했다. 폐소공포증에 걸릴 듯했다. 나는 그것이 마치 삶의 숨통을 옥죄는 듯한 아득한 압박처럼 느껴졌다. 사람들의 숨소리가 귓전 가까이에 서성일 때는 불쾌함에 통달한 얼굴이 되었다. 내가 두 번 다시 겪고 싶지 않은 경험을 내 친구는 아주 자주 당면했다. 나는 진저리를 쳤다. "어우, 나는 절대 못한다", "먹고살려면 해야지" 걸으면서 잠깐 나눴던 지하철 이야기는 이 두 마디로 끝났다. 그 이상 해봤자 아무 도리 없기는 마찬가지였다. 이런 이야기는 길게 하지 않는 게 서로에게 좋다.

곧 대학 졸업을 앞둔 인수는 곧 봐야 할 시험에 자신의 운명이 달렸다. 근 몇 년 동안의 노력과 돈과 시간, 조용히 참아낸 억압이나 고뇌, 수없이 자행한 고통 덩어리가 툭 떨어질지 더 크게 부풀어 오를지가 달린 것이다. 물론 시험에 합격한다고 해서 응어리가 완전히 사라지지는 않을 것이다. 삶은 무수한 새로움의 연속이니까. 하지만 서울에서 자취를 하며 간간이 부모님에게 월세를 지원받는 친구의 죄책감이 다소 줄어들기는 할 것이다. 밥벌이하는 인간과 그러지 못한 인간의 삶은 그야말로 천지 차이니까.

예전 같으면 나는 시험 같은 게 인생에서 뭐 그리 중요하냐고 철없고도 태연하게 말했을 것이다. 인생을 길고 넓게 살아가자고. 열심히 하는 건 좋은데 너무 심하게 발버둥 치지는 말자고. 이것도 저것도 아닌 실언을 마치 굉장한 언변처럼 지껄였을 것이다. 그러나 내 혀는 이제 '말'이라는 파렴치한 놀림이 자칫 상대의 처지에 모욕으로 닿을 수 있음을 알고 있었다. 입은 긍정으로 벌어지지 않았고, 내 머릿속에 있는 생각들이 긍정적인 것인지도 알 수 없었다. 그저 솔직하고 자명한 침묵이 계속 이어졌다. 말없이 부딪히는 술잔 소리는 청아했는데, 그 청아함 속에는 비밀스러운 비감이 찰랑이고 있었다. 맑은 것은 이따금 슬프기도 한 것이다. 그랬던 인수는 현재 어엿하게 취업해서 홀로 밥벌이를 한다. 주말에까지 일을 하며 살기 위해 몸부림친다. 속전속결로 처리되는 나날 같다고. 나는 인수의 삶을 얼핏 보고 그렇게 생각한다. 연민과 열기가 동시에 느껴진다. 주말에는 맥주 한 캔을 들고 있는 인수와 영상통화로 같이 건배를 했다. 같이 없어도 같이 있기를 바라고, 그러나 같이 있을 수 없다는 자명한 현실을 받아들이면서, 우리는 건배를 한다.

나에게 사는 것은 고통이다. 하지만 그날그날을 살아내고 내일로, 다시 내일로 정진했다는 의미는 고통을 여유와 유희로 탈바꿈시키기도 한다. 그것은 마음의 근육을 단단하게 만드는 고통이다. 고난 뒤 휴식은 감미롭고, 차츰 휴식이 허전할 때의 만남은 선물이다. 영원한 미궁에서 찾아낸 보물처럼. 만남은 삶을 보람으로 어루만진다. 보람은 삶을 무너지지 않게 지탱하고, 어느 때에 파고들어 평안해지는 안식처가 된다. 그것들은 조금 지난 후에야 선물처럼 온다. 결국 나는 서로가 열렬히 살아서 조금씩 늙는 일을 기뻐하기로 했다. 그러할수록 우리는 더 단단하고 유연해질 것이다. 삶이라는 고통의 한복판에서 우리가 서로에게 무엇이 될 수 있다면. 만나는 순간만큼은 아무것도 아닌 사람이 되기. 각자의 삶으로 돌아가서는 누구도 대체할 수 없는 사람이 되는 게 아닐까.

연초에 나는 문득 지나온 기억으로 다시 사는 힘을 얻는다. 그 중심에 '이야기'라는 축제가 열기를 더한다. 서로의 이야기를 들을 수 있음은 조금 고통스럽기는 해도 역시나 불행하지 않은 축복이고, 나눔으로 하여금 저마다의 삶은 고유한 존재로서 빛을 낸다. 끝인 듯, 시작되는 듯, 모호한 이 순간에도, 이야기는 만들어지고, 삶은 계속된다. 영현이 못 와서 아쉬웠는데 구태여 묻지 않았다.

얼얼하게 취한 채로 도봉산역에 도착하자 함박눈이 펑펑 쏟아지고 있었다. 나는 지하철 난간에 기대어 눈을 만지고 사진을 찍었다. 곧이어 눈은 온 천지를 하얗게 뒤덮었다. 나무들의 우듬지가 눈에 덮여 반짝반짝 빛났다. 나는 문득 메모장에

　보고 싶겠지만 잘 가라

라고 적었다. 나는 하얀 여백 같은 이 문장을 오래 들여다보았다. 미련과 아름다움이 한데 공존하는 이 투박한 문장으로 나는 마침내 나라는 사람을 설명하고 싶다. 언제까지나 내 만남의 정서는 늘 이러할 거라고. 오래 보고 싶었고, 그래서 또 잘 가라고 보내주리라고. 흐르는 미련을 잘 추스르고 다시 내 삶으로 가는 사람으로. 오래. 그리고 함께.

　이윽고 나는 휴대폰 전원을 끄고 외투 깊숙한 곳에 밀어 넣었다. 나는 알고 있었던 것이다. 더 이상 어떤 말도 필요치 않았음을. 그저 눈이 내리고 있었다. 나는 일부러 역을 하나 지나쳐 내렸다. 이 눈길을 오래도록 걸어야 할 것 같았다.

　(2023. 1. 6)

#쓰는 마음

무수히 사라지는 세상에서 어떻게든 흔적을 남길 것이다.

　내가 쓰는 글들은 언젠가 나를 어떤 경로에서건 꼭 한 번은 살려낼 것을 믿는다. 그 힘은 뻔뻔스럽게도 오롯이 내 안에서만 나오지 않을 것이다. 나는 사람들과 상실을 나누고 지난한 고단을 공유하며 지탱되고 일어설 것이다. 무수히 사라지는 세상에서 어떻게든 흔적을 남길 것이다. 밤길에 짙은 그림자가 문득 쓸쓸할 적마다 그 검은 빛깔을 바라볼 것이다. 그림자가 진한 것은, 그만큼 누군가에게 여운 짙은 사람이 되었다는 것이라고. 그 흔적이 온정과 그리움을 만나 한결 강렬한 색채를 띠는 것이라고. 나는 '너에게 있는 나'를 응시하며 안심과 평온을 느낄 것이다. 끝없이 서로를 들여다보며 쓰는 마음들이 비로소 나에게 안부처럼 되돌아올 때. 오래 머무를 때. 나는 조금 더 버텨내고. 서로의 소망을 잊지 않고. 기어이 멀지 않은 따뜻한 나날로 가리라. 나는 잘 지낼 거란 믿음으로 사람들을 생각한다. 그럼에도 구석구석 들여다보며 조금씩 쓴다.

마치는 글

　책을 다 쓰고 나면 늘 마음이 새롭게 단장된다. 사람을 집단으로 싸잡아 적대하고 경멸하던 가련한 위악에서. 개별적이고 고유한 존재로 면밀히 들여다보고 받아들이는 연습을, 나는 이 책을 쓰는 내내 했던 듯하다. 나 자신을 보다 순전히 직면하고 쉬이 말 못 할 내면의 결함을 천천히 쓰면서, 나는 조금씩 괴로움에서 벗어날 수 있었다. 매일 좌절과 회복을 오가며 썼다.

　나는 다시 생각한다. 인간은 아름답다고. 그 아름다움이란 인간의 면목이나 성과가 아님을. 인간의 아름다움은 본래 그렇다는 것을. 그리고 믿어본다. 마침내 우리는 서로에게 무엇이 될 수 있음을. 해변의 모래알들 사이에서 이따금 영롱히 반짝이는 사금처럼. 무수히 평범한 날들 속에서도 우리는 서로에게 각별한 흔적이 될 수 있다.

마지막으로
본인들의 의사와는 무관하게
내 글의 소재가 된 모든 이들에게
죄송하고 감사하다는 말을 전한다.

덕분에 내가 내 이름을 또 한 번 적는다.

신대훈 씀.

만남의 흔적들

초판 1쇄 인쇄	2024년 6월 11일
초판 1쇄 발행	2024년 6월 20일

지은이	신대훈

펴낸이	이장우
책임편집	송세아
편집	안소라
디자인	theambitious factory
제작/관리	김소은 김한다 한주연
인쇄	KUMBI PNP

펴낸곳	도서출판 꿈공장플러스
출판등록	제 406-2017-000160호
주소	서울시 성북구 보국문로 16가길 43-20 꿈공장 1층

이메일	ceo@dreambooks.kr
홈페이지	www.dreambooks.kr
인스타그램	@dreambooks.ceo

전화번호	02-6012-2734
팩스	031-624-4527

ISBN	979-11-92134-73-4
정가	15,800원